威廉·吉布森科幻小说中的赛博空间书写研究

A Study on Cyberspace Writing
in William Gibson's Science Fiction

王志勇　著

湘潭大學出版社
XIANGTAN UNIVERSITY PRESS

图书在版编目（CIP）数据

威廉·吉布森科幻小说中的赛博空间书写研究 / 王志勇著. -- 湘潭 : 湘潭大学出版社, 2023.1
ISBN 978-7-5687-1315-3

Ⅰ. ①威… Ⅱ. ①王… Ⅲ. ①幻想小说－小说研究－美国－现代 Ⅳ. ① I712.074

中国国家版本馆 CIP 数据核字 (2023) 第 239972 号

威廉·吉布森科幻小说中的赛博空间书写研究

王志勇 著

责任编辑：李馨童
封面设计：李　平
出版发行：湘潭大学出版社
社　　址：湖南省湘潭大学工程训练大楼
电　　话：0731-58298960 0731-58298966（传真）
邮　　编：411105
网　　址：http://press.xtu.edu.cn/
印　　刷：长沙创峰印务有限公司
经　　销：湖南省新华书店
开　　本：880 mm×1230 mm 1/32
印　　张：7.125
字　　数：135 千字
版　　次：2023 年 1 月第 1 版
印　　次：2023 年 1 月第 1 次印刷
书　　号：ISBN 978-7-5687-1315-3
定　　价：39.00 元

Preface

William Ford Gibson (1948—), a famous science fiction writer in America, is widely regarded as the father of "Cyberpunk" science fiction. Since the publication of his masterpiece *Neuromancer* in 1984, up to now, Gibson has been under the spotlight. As one of the most influential science fiction writers, Gibson makes "Cyberpunk" science fiction a new genre in dominated literature.

To a large extent, European industrial civilization, especially the information technology revolution in the 1980s hastened the parturition of "Cyberpunk" science fiction. Western science fiction had experienced several summits since the publication of Marry Shelly' s *Frankenstein*, while the postmodernism science fiction writers, represented mainly by Gibson, combined their fiction writing with postmodernism theories and writing techniques, due to their endeavour, science fiction stepped into a new era.

The reasons that this paper focuses on a study on cyberspace writing in William Gibson' s science fiction are as the following, first, Gibson has a well-known reputation in the field of science fiction, and his works deserves a further profound analysis, secondly, Gibson opens up a new territory for science fiction, and at the same time, he gives science fiction more profound interpretations. More importantly, Gibson' s works are full of reflections on modern science and technology in the era of post humanism. Besides, Gibson shows an unusual concern on cyberspace in his "Cyberpunk" science fictions, especially in his famous " Matrix trilogy". By a presence of human alienation, anarchism and totalitarianism brought by the widespread of technology in a near-future world, Gibson depicts a dilemma we have or will be confronted with, that is, due to the widespread of modern science and technology, people are in a spiritual wasteland, they are alienated, hopelessly cynical, pessimistic and unsatisfied with everything, just as the "best time" and the "worst time" in Charles Dickens' Tale of Two Cities.

From the close reading and analysis of Gibson' s "Cyberpunk" science fictions, it is natural for readers to notice the ubiquitous humanism in them. In this way, Gibson shoulders his responsibilities of being a writer due to the reflections of near - future technology and the yearning for human nature in his works, thus, the analysis of Gibson' s literary works has its vitality and significance. This paper limits its attention to Gibson' s cyberspace presence, background, narrating techniques and its significance. By analyzing Gibson' s exaggerating but realistic postmodernism writing style, the paper aims to show how Gibson depicts the happiness and sufferings, ridiculousness and cruelty of people in cyberspace, which makes readers a more profound understanding of the near–future world.

Undoubtedly, the literary value of Gibson' s cyberpunk science fiction is not in the least in the second to the dominated literature, especially, when it comes to its humanism, compared with other literary genres, cyberpunk science fiction prides itself for it concern for the near future, for identity construction and humanism reflection.

This paper takes Gibson' s cyberpunk science fiction as its research subject, give priorities to Gibson' s unique cyberspace consciousness and cyberspace writing. With postmodernism space theories and postmodernism narrative theories, the paper aims to give some new interpretations to Gibson' s novels from the presence of cyberspace writing, background, narrative techniques, identity construction and its significance. And the significance of the paper mainly lies in the theoretical and practical values on the cross-disciplinary study of Gibson' s cyberpunk science fiction, and making Gibson studies a more profound area. At the same time, the paper may also have some hints and references for people' s recognition of how we see and wish to see ourselves in the near-future technological world.

序

美国著名科幻小说家威廉·吉布森（William Ford Gibson，1948—）是“赛博朋克”科幻小说之父。自吉布森1984年发表小说《神经漫游者》（*Neuromancer*）以来，就一直备受关注。作为科幻小说界最有影响力的作家之一，吉布森以其极具后现代风格的科幻创作理念和创作手法，把赛博朋克小说这一科幻小说的新文类带入了主流文学的视野，其科幻创作理念和手法极具后现代风格。

近几个世纪以来，科学技术革命从未停止过对文学的影响。欧洲工业文明，尤其是20世纪80年代的信息技术革命是赛博朋克科幻小说的催生基石，自玛丽·雪莱（Marry Shelly）创作《弗兰肯斯坦》（*Frankenstein*）以来，科幻小说在西方经历了数次发展的高潮，以吉布森为代表的后现代科幻小说作家群将后现代理论和创作手法融入其小说的创作之中，科幻小说因此迈入崭新的时代。

以吉布森在当今科幻小说界的显赫声誉，他的作品显然值得做进一步的深入研究，吉布森不仅为科幻小说开辟了一个新的疆域，他更赋予科幻小说一种全新的广度和深度，更重要的是其作品中对后人文主义背景下科学技术的反思沁润其中。另外，在他的赛博朋克科幻小说，尤其是著名的“矩阵三部曲”小说中，吉布森对于赛博空间的描写算得上是异常钟情，通过对近未来世界技术泛滥而引起的人的异化和“伊托邦”中无政府主义、极权主义对人性压抑的展示，吉布森给我们呈现了一个我们已经面临或即将面临的两难困境：当今科学技术迅速发展给我们带来巨大的利益和便利，但与此同时，技术的泛滥又把人的精神世界引入一片荒原，人性异化，变得无限厌世、悲观和不满，一如查尔斯·狄更斯笔下的“最好的时代”与“最坏的时代”。

通过对吉布森赛博朋克科幻小说的文本细读与梳理，读者不难发现，人文主义的光芒其实在赛博朋克小说中可以说是力透纸背，俯拾皆是，也正是基于吉布森小说对于近未来技术控制的反思与人的原初本心之强烈呼唤，笔者深觉吉布森担起了一个作家的使命，研究其作品也就有了生命力和当下价值。本文将聚焦点置于其赛博空间的呈现形态、形成背景、叙事艺术及其主体认同与人文反思上。探析吉布森如何借由夸张却又写实的超现实手法，将赛博空间芸芸众生的欢乐与痛苦，可笑与可怖，柔情与残酷，荒诞古怪与一本正经糅合在一起，使读者对近未来世界有着更深层的预见和认知。

吉布森一方面是悲观的，但另一方面更是有担当的科幻作家。在吉布森描述的赛博空间中，一切都是对当前世界的隐喻，对当下的思考，对当下现实问题进行想象性的解决，以想象的终结来想象当前世界的终结。在其作品中，他不断地向读者传递一个他们逐渐忽略的事实，当人们置身于高度技术化的社会之中时，拥有最为顶尖的信息技术，确实意味着掌控了一切，但这种掌控最终势必会演化成无政府主义和极权主义。凌驾于法律之上的集权公司成为主宰，整个世界成了“一个社会达尔文主义实验，无聊的实验设计者不断按着快进键，让它变得混乱而疯狂”，一切都是一种编码，普罗大众时刻活在毫无自由的监控之中，在一个充斥着极权的罪恶生态系统里，靠着谎言和背叛给自己圈出了一小块不大牢靠的生态位。赛博朋克科幻小说的圭臬，究其实就是通过搭建一个又一个对近未来世界的想象城堡来彰显人们在后现代语境下人工智能技术急速发展而带来的心灵创伤。可以说吉布森的赛博朋克科幻小说的艺术价值丝毫不亚于主流文学，若就其人文性而言，赛博朋克小说对人类社会未来的关注，对技术时代主体认同、身份构建和人文反思，比较其他文学体裁，又可以说是更胜一筹。作者以吉布森“赛博朋克”科幻小说为研究对象，重点考察吉布森科幻小说中独特的赛博空间意识与书写，结合后现代主义空间理论和后现代主义叙事理论，以其小说中的赛博空间书写为切入点，从其赛博空间书写的呈现形态、形成背景、叙事艺术、主体认同与意义等诸多方面给吉布森“赛博朋克”小说研究写入新的注脚。这对威廉·吉布森“赛博朋克”科幻小说的跨学科研究具有较大的理论现实意义和实践参考价值，也能助推当代吉布森及其小说研究思潮，使其研究走向更广阔的领域。同时，当下人类时刻面临对后现代技术主宰时代的反省与思考，因此这一课题也有助于人们对“近未来”技术世界中自我价值的重新认识。

目　录

绪　论

“科幻小说”（Science Fiction）一词，最先出自美国著名科幻杂志编辑雨果·根斯巴克（Hugo Gernsback）于1926年创办的科幻杂志《惊悚故事》（*Amazing Stories*）中，根据根斯巴克的观点，科幻小说是一个融合了科学事实和预言性视域的感人故事。英国当代科幻小说家亚当·罗伯茨（Adam Roberts）对科幻小说的界定则更有代表性，在他看来，“科幻小说最好的定义应该是技术小说，是海德格尔视之为框架化世界的一种模式”[①]，罗伯茨提出，科幻小说应该是“一种无秩序的技术小说”[②]。在西方，自英国作家玛丽·雪莱（Mary Shelly）创作文学史上首部科幻小说《弗兰肯斯坦》（*Frankenstein*，1818年）伊始，科幻小说就是一种书写未来，想象未来的独特文类。相比其他门

① 亚当·罗伯茨. 科幻小说史［M］. 马小悟译. 北京：北京大学出版社，2010. 海德格尔的“框架化”指的是，技术的本质就是框架，自然和人奇一化、功能化的物质，人异化为技术人。

② 亚当·罗伯茨. 科幻小说史［M］. 马小悟译. 北京：北京大学出版社，2010.

类和文体，科幻小说有其独有的特性，它是一种“增强现实”的文本，具有较强的科学性、幻想性和预见性，甚至可以称其为“超写实主义”或“未来写实主义”。和欧洲科幻小说的发展相比较，科幻小说在美国的繁荣时间相对较晚，到了20世纪80年代，随着计算机开始日渐成为人们生活中不可或缺的一部分，科幻小说作家们开始思考计算机在文化和政治领域的影响。基恩·沃尔夫（Gene Wolfe）的《新日之书》（*The Book of the New Sun*）①、奥森·斯科特·卡德（Orson Scott Card）的《安德的游戏》（*Ender's Game*）及其续集《死者代言人》（*Speaker for the Dead*）②、威廉·吉布森的《神经漫游者》（*Neuromancer*）等都是十分受欢迎的科幻杰作。其中最受欢迎的当数以威廉·吉布森的《神经漫游者》为标志的赛博朋克（Cyberpunk）小说。

第一节　研究背景与意义

科幻小说如同小说的其他文类一样，在西方的发展更直观也更具规模。拥有一百多年历史的西方科幻小说，大致经历了

---

① 基恩·沃尔夫系美国科幻小说家，星云奖获得者，其代表作《新日之书》共四册，于1980至1983年间陆续出版，2014年由新星出版社翻译出版（栾杰译）。

② 奥森·斯科特·卡德，美国科幻作家，凭借《安德的游戏》和《死者代言人》（*Little, Brown UK*, 2013）两次获得雨果奖、星云奖。

三个阶段。第一个阶段可以称其为萌芽期，时间为19世纪初期到20世纪初期。在这个时期，对西方政治、经济和思想等诸方面影响最大的莫过于方兴未艾的西方工业革命和一石激起千层浪的达尔文进化论。经此，人们对世界的认知变化可以说是颠覆性的，但科学与技术却快速融合，对世界新的认知也促使人们在认识世界和认识自我等方面主动求变。而科幻小说作为一种意识形态，以影射现实世界为旨归，也必然绕不开科学技术的滥觞。1818年，玛丽·雪莱的《科学怪人》标志着科幻小说成为西方现代文学领域的独立文学门类。新兴技术迅速发展赋予《弗兰肯斯坦》新的元素，玛丽·雪莱首次将科学技术这柄双刃剑给人类带来的影响传递给读者。除了玛丽·雪莱，19世纪末至20世纪初，不得不提另外两位在科幻小说的发展史上留下浓墨重彩的小说家：爱伦·坡（Allan Poe）① 与儒勒·凡尔纳（Jules Verne）②，不过在他们所处的时代，科幻小说创作尚未形成规模，也无统一的科幻流派意识。准确地说，这是当时科幻小说家们的一种自觉行为。

科幻小说的“黄金时期”应该追溯到第二次世界大战后。

---

① 19世纪美国小说家爱伦·坡被一些批评家视为科幻小说的鼻祖，他的《汉斯·普法尔历险记》（*The Unparalleled Adventure of One Hans Pfaall*，1835）讲述了主人公乘坐气球到月球的故事，小说将想象和科学很好地结合起来，对后期科幻小说创作产生重大影响。

② 儒勒·凡尔纳主要科幻小说包括：《地心游记》（*A Journey to the Center of the Earth*，1864）、《海底两万里》（*Twenty Thousand Leagues under the Sea*，1870）和《环球世界80天》（*Around the World in Eighty Days*，1873）。

爱因斯坦提出“相对论”，原子能及其理论开始得以在诸多领域应用，同时，对外太空的科学探索也甚嚣尘上。这些极大地影响了科幻作家的创作，并为其提供了取之不尽、用之不竭的新素材。这一时期涌现出了优秀的科幻作家和作品，其中最具代表性的作家是科幻小说的三巨头：艾萨克·阿西莫夫（Isaac Asimov），阿瑟·克拉克（Arthur Clarke）和罗伯特·海因莱因（RobertA. Heinlein）①。这个时期同时还出现了一批颇有影响力的科幻杂志，专为科幻小说设置的著名科幻大奖“雨果奖”也诞生于这个时期。这个时期的科幻小说家们思考和探究的是广袤无际的外太空和未知的机器人世界。“黄金时期”是科幻小说发展承前继后的一个重要时期。随着技术的进一步发展，科幻小说家的视域更加宽阔，科幻作品也更加成熟，在读者心中也有了科幻小说的一席之地，但是另一方面，它又仍然徘徊在主流的文学殿堂之外。相对于萌芽时期，“黄金时期”的科幻小说笔触更加细腻，广度和深度也非萌芽时期可比，因此科幻小说在这一时期开始真正地、成规模地走进读者的视野，也逐渐走向了繁荣。

自20世纪60、70年代开始，科幻小说的发展经由萌芽期、

① 伊塞克·阿西莫夫，美国著名科幻作家，他的《基地》（*Foundation*，1951）及其后续基地系列小说主要描写了人工智能机器人。罗伯特·海因莱被誉为美国科幻小说史最具影响力的人物，其主要作品包括《异乡异客》（*Stranger in a Strange Land*，1961）等。阿瑟·克莱克，英国科幻小说家，其代表作《火星之沙》（*The Sands of Mars*，1951）以空间旅行为主题，展示宇宙的无限。

黄金时期迈入第三个阶段——“赛博朋克”时代。这是科幻小说的一次巨大变革，它打破了前两个阶段科幻小说写作的固有模式和主题书写方式，科幻小说自此焕发出新的生机与活力。正如“赛德朋克”派发言人布鲁斯·斯特林所说“科幻吃力地爬出了它蛰伏的洞窟，步入时代精神的阳光下。①”“赛博朋克”时代的到来是和20世纪80年代电子信息技术的迅速崛起休戚相关的，更确切地说，电子信息技术、控制论、万维网等直接催生了“赛博朋克”科幻小说。

在这一时期，科幻小说的关注点已不再局限于遥远星系的探险或未来科技的幻想，而是转向了人类社会与技术之间的紧密联系。赛博朋克作品中，常见的主题涵盖了对技术的批判、对社会结构的反思，以及对个体在高度信息化社会中身份和自由的深入探讨。这些作品通常描绘了一个由大型企业控制、信息高度流通但社会分层严重的未来世界，其中，人类与机器的界限变得模糊不清，意识与网络的融合成为一种可能。通过这些故事，赛博朋克不仅为读者提供了一种对未来世界的想象，也促使人们思考现实世界中技术进步可能带来的伦理和哲学问题。

一、研究背景

以吉布森为代表的科幻小说家们更具象，更直观，把聚焦

---

① Sterling, Bruce. Preface to Mirrorshades[M]. New York: Arbor House, 1986: II.

点从遥不可及的外太空拉回到与自身休戚相关的科学领域，借由时空一体、碎片化、陌生化、意识流等后现代叙事手法表现技术泛滥之下人的异化与疏离，在一个光怪陆离的技术世界里，技术进步带来的物质舒适感与赛博空间带来的反噬与恐慌同时存在，身心分离带来的记忆的模糊性，神经漫游带来的精神的不确定性，“矩阵”世界里控制与反控制的博弈，“全息碎片”中邪恶与正义的较量，沉重的肉身与永恒的精神虚无，这都是赛博朋克科幻小说所关注的。1983年的科幻小说大奖上，获奖的科幻小说还正流连于宇宙空间、外星生物，如凡尔纳笔下的登月舱，克拉克描写的太空梭等。一年之后的1984年，威廉·吉布森的《神经漫游者》横空出世，把一个全新的“赛博”虚拟空间带给世人，从此把科幻文学带入电子时代。《神经漫游者》系赛博朋克科幻文类的奠基之作，它斩获科幻小说界三大巨奖：“雨果奖”（Hugo Award）、“星云奖”（Nebula Award）和“菲利普·狄克奖”（Philip K. Dick Award），时至今日，无出其右。《神经漫游者》被誉为“赛博朋克”的《圣经》，在《时代》杂志在2005年评选了自1923年以来的100部最佳英文小说，《神经漫游者》名列其中。吉布森以一种冷酷和直接的写作风格描绘了一个接近现实的未来世界。这个世界充满了科技的阴影和对未来的深刻洞察。吉布森不仅创造了一个独特的科幻世界，还塑造了一系列鲜活的人物角色。更为重要的是，他在20世纪80年代初期，就预见性地提出了虚拟世界（Cyberspace）

的概念，并准确地预见到这种虚拟空间会对人类社会产生深远的影响。

“赛博朋克”（Cyberpunk），取自 cybernetic 和 punk 的结合，cybernetic 原意为控制论，后来衍生为“与电脑相关的”，而“朋克”一词，特指自 20 世纪 70 年代兴起的朋克文化，其显著特征在于宣泄情感与反叛精神，是对人类和机器进行了后现代式的鉴定。《神经漫游者》使得“赛博朋克”这一新兴术语备受瞩目，自此之后，“赛博朋克”成为指代科幻小说中一个特定流派的术语。这类科幻作品诞生于电子计算机技术、控制论、网络工程、基因工程等领域的迅猛发展之中，以计算机和信息技术为核心主题。它们通过作者对科技未来的想象，深入探讨了电子计算机等技术对社会的潜在影响。赛博朋克小说不仅具有一定的深度和前瞻性，还体现了作者对人性的深刻思考，具有显著的现实指导价值。

自 1984 年发表《神经漫游者》之后，威廉·吉布森继又于 1986 年发表了《零伯爵》（*Count Zero*），1988 年出版了《蒙娜·丽莎超速档》（*Mona Lisa Overdrive*）。这三部作品组成了“蔓生都会三部曲（Sprawl Trilogy）”，亦被称为“矩阵三部曲（Matrix Trilogy）”，它们的出版让吉布森崭露头角。三部杰出的长篇小说描绘了第三次世界大战之后的反乌托邦电子世界，被誉为“赛博朋克”流派中最引人入胜的史诗级作品。在 1986 年，威廉·吉布森将十篇杰出的短篇小说集结成册，出版了

《整垮珂萝米》。这本合集包括了多部备受赞誉的作品，例如《全息玫瑰碎片》（1977）、《约翰尼的记忆》（1981）、《斯根巴克连续体》（1981）、《内陆》（1981）、《新玫瑰旅馆》（1981）、与约翰·雪莉共同创作的《附属物》（1981）、《整垮珂萝米》（1986）、与布鲁斯·斯特林合作的《红色星球，冬季轨道》（1983）、《冬季的市场》（1985）以及与迈克尔·斯万维克合著的《空战游戏》（1985）。在这些作品中，吉布森广泛采用了后现代文学的写作技巧，显著提升了科幻文学的层次和地位。

在20世纪90年代，电子计算机技术经历了令人瞩目的飞速发展，这一时期也见证了威廉·吉布森小说创作的又一巅峰。从1993年到1999年，他创作了刷新销售纪录的“赛博朋克”史诗系列——“旧金山三部曲”，亦称“‘桥’三部曲”（San Francisco Trilogy）。这一系列包括1993年推出的《虚拟之光》（*Virtual Light*）、1996年出版的《虚拟偶像爱朵露》（*Idoru*），以及同年完成的《明日之星》（*All Tomorrow's Parties*）。三部曲中，吉布森构想了一个未来世界，在这个世界里，一场加州大地震导致旧金山海湾大桥崩塌，废墟之上孕育了一个新兴社区。此外，作品中对日本虚拟偶像的预言也成了现实，这种对“近未来”的精准预感，使得这些作品不仅取得了巨大的商业成功，还赢得了广泛的赞誉。

随着2000年的到来，社会正式迈入了信息技术的新纪元。在这一时期，人们惊喜地发现，威廉·吉布森在其作品中描绘的虚拟世界，正逐渐地与现实世界融合。正如吉布森在本世纪初接受《经济学人》杂志采访时所发表的那句广为流传的名言，“未来已经到来了，只是分布不均而已”。在这一时期，他推出了著名的“蓝蚂蚁三部曲”（Blue Ant Trilogy），涵盖了以下作品：2003 年推出的《模式识别》（*Pattern Recognition*）、2007 年的《幽灵之国》（*Spook Country*）以及 2010 年的《零历史》（*Zero History*）。

吉布森将小说的背景设定在“9·11”事件之后的美国现实社会，全面揭示了美国社会的诸多问题、网络对现实生活的深刻影响，以及现代社会中人们内心的创伤。在这样的环境中，小说中的人物不仅要应对来自外部世界的挑战，还要处理自己内心的恐惧和焦虑。吉布森通过精湛的心理刻画和对社会现象的深入剖析，创造了一个既真实又充满想象力的现代美国社会的缩影。

威廉·吉布森不仅是一位杰出的科幻小说家，还涉足好莱坞电影编剧领域。他改编的作品《约翰尼的记忆》和《新玫瑰旅馆》，分别由知名演员基努·里维斯和克里斯托弗·沃肯主演，成功搬上大银幕。吉布森的电影剧本创作在国际影坛引起了广泛的关注和轰动，观众可以在随后的多部科幻巨制中，如《黑客帝国》《创战纪》《全面回忆》《生化危机》《人工智能》和《银翼杀手》等，领略到他独特的“赛博朋克”风格。这表明“赛博朋克”不仅对科幻文学产生了深远的影响，它还对电影、游戏、生物技术、文化乃至科技本身产生了显著的冲击。

一般来说，科幻小说有三大基本属性，即文学性、科学性与幻想性。从文学性来看，随着后现代主义影响的扩大，拼贴、非线性碎片化、蒙太奇、陌生化、意识流创作手法等也开始在科幻小说，尤其是赛博朋克小说中广泛运用。时至今日，随着人们对世界认知的改变和对未来世界的想象，科幻小说以其独特性，势必会在文学领域占据重要席位。从科学性来看，人们对世界的理性认知和对未来世界的求索催生了科幻小说，反过来，科幻小说又因为其独特的预见性和指称性，为人类更理性地看待科学技术提供思考之蓝本。或者可以说，科幻小说给人们提供了一种新的世界认知视角，基于这个视角，人们去探寻生命何来何往，人类文明何去何从。从科幻小说的幻想性来看，科幻小说同样具有文学作品尤其是小说的虚构性。在古今中外的科幻巨著中，几乎每一个故事场景、情节、时间与人物都是想象与虚构的。科幻小说中虽然刻画了两个世界——现实世界与虚拟世界，但往往两个世界带给读者的“感官差”会构成“惊奇感美学”。

传统意义上的文学创作对象，都是基于现实世界来进行发散，而科幻小说中的世界是一个整体性的世界，这个世界不是主观的，也不是个体的、碎片化的世界。科幻文学对现实与未来的历史性观照和宏大想象，对历史社会的附魅或祛魅叙述，以及由此而表现出来的作为一个整体的“文学性”“幻想性”

和“虚构性”，必将对当代文学创作格局产生巨大而持久的影响。以吉布森为代表的赛博朋克科幻文学，既可以唤起我们对后人类全新语境下“纯文学”的重新思忖，又可以引领我们反思技术恐慌下的人类主体困境和探索重拾自由精神与重塑自我之门径；科幻小说既与科幻类题材电视、电影的风靡有直接关联，又与后现代语境下“技术文化”“控制论”“赛博格”“后人类”等诸多重大命题相融共生。作为晚期资本主义文化“后现代转向”的“产品”，科幻小说显然还是独具特色的当代文化状况的体现。无论在世界文学的历史长河中，还是在当下和未来文学的殿堂里，它都曾经，也必然占有一席之地。因此，站在政治、经济、历史和文化这个聚焦点和坐标系上，吉布森的赛博朋克科幻小说，也就格外值得研究和探讨。与科幻小说的蓬勃发展势头相比，学术界对科幻小说的研究则显得相对滞后，特别是对威廉·吉布森为代表的“赛博朋克”科幻小说的研究更是处于起步阶段。近年来，得益于科技的飞速进步和数字文化的蓬勃发展，学术界逐渐将目光投向了科幻小说，特别是赛博朋克这一流派。学者们正试图从文化研究、社会学、哲学等多个维度解读赛博朋克科幻小说中的主题和象征意义，深入探讨其对未来社会、技术进步以及人类身份的深远影响。此外，赛博朋克作品对虚拟现实、人工智能、网络空间等概念的先见之明的描绘，也点燃了跨学科研究的热情，为理解当前技术变革提供了新的视角。

二、研究意义

科幻小说研究，相对于传统小说研究而言是滞后的。在理论方面，科幻小说的许多基本问题，至今没有得到深入研究；在实践方面，科幻小说史上的许多作家作品尚未得到研究者们的应有重视，在这个背景下本书对威廉·吉布森科幻小说的赛博空间研究有着重要的理论意义和现实意义。

在理论意义方面，一是可以更新研究范式。以赛博空间为关键词贯穿威廉·吉布森的“赛博朋克”小说研究，将在范式上超越以往吉布森研究所注重的文化批评研究和后现代身份认同研究，突破科幻文学孤立分支、脱离语境的传统研究模式，彰显其“赛博朋克”小说所蕴含的本体意义和时代特色。二是能够拓展研究视角。本书将深入文学文本，集中研究和系统探讨吉布森的“赛博朋克”小说，分析小说中的赛博空间书写以及空间中人与技术之间的共生关系和互动机制。尤其是着眼“近未来”赛博空间的视角将改变原有科幻文学研究的历时性、单一化维度，有助于深化和拓展跨学科视野下的吉布森“赛博朋克”小说研究。

赛博朋克小说所描绘的赛博空间，不仅是一种对未来技术的想象，更是对现实社会关系和权力结构的深刻反思。深入分析赛博朋克小说，可以揭示技术发展与社会变迁之间的复杂互动，以及个体在技术与社会双重压力下的生存状态。此外，赛博朋克小说对人工智能、虚拟现实等前沿科技的探讨，为理解当前科技趋势提供了丰富的思想资源。因此，研究赛博朋克小说，不仅有助于我们更好地理解当代社会，也为未来科技与社会的发展提供了预见性的思考。

在现实意义方面，赛博朋克小说所描绘的赛博空间理念，已经对现代信息技术产生了深刻的影响。例如，互联网的广泛普及和虚拟现实技术的飞速发展，都在一定程度上反映了赛博朋克小说对未来世界的预见。这些技术的运用不仅转变了人们的生活模式，还对社会结构和文化形态带来了影响。赛博朋克小说中的赛博空间，作为一种文化象征，激发了公众对于技术伦理、隐私保护以及人机关系等议题的深入探讨。随着技术的持续演进，赛博朋克小说中的一些预言正在逐渐变为现实，这使得对这些作品的研究具有了更加切实的意义。

由于威廉·吉布森的“赛博朋克”小说集中体现了赛博空间对人的身体甚至思维的介入，其多元杂糅的赛博空间意象既超越了当下的现实，又跟当下有着千丝万缕的联系，从这个角度来看，对其“赛博朋克”小说进行研究，契合了当下信息时代网络空间共同体构建这个大背景，亦可为之提供反思视角和参照体系。

第二节　国内外研究现状

“赛博空间①”（Cyberspace）这个词最初出自威廉·吉布森的著名短篇科幻小说《整垮珂萝米》（*Burning Chrome*）。在其“矩阵三部曲”赛博朋克小说中，“赛博空间”反复出现，成了吉布森所有小说的关键词。简而言之，赛博空间实际上是一个由计算机构建的虚拟世界，它是由计算机技术和现代通信技术共同创造的虚拟环境，同时它也是一个概念空间，或者是一种空间理念或主观性空间，吉布森笔下的赛博空间，其实更像一个万花筒，除了无处不在的电子技术，还包括艺术、宗教、政治及军事等领域，这些都在这个空间万花筒里共生共存，每转动一次都会给读者呈现不一样的空间。赛博空间不但具有信息网络空间的所有性质，同时还有三个不同于狭义网络空间的显著特征：空间的可延伸性、信息代入的开放性、人网结合的紧密性。人类进入已经进入全球化时代，跨国资本主义在西方市场巨大，电子信息与传媒方兴未艾、大行其道，这些都预示着数字化时代的到来，虚拟世界与现实世界从此在人们生活中并存，两者既矛盾又相融，赛博空间亦成为后现代语境中的一个

① 意指电脑网络的大众统一的幻觉。通过在《神经漫游者》中的使用之后，这个词获得了认可，也成为20世纪90年代世界网络真实存在的一个词语。

主导性空间。现今，赛博空间是一种重构的空间，它不仅是一个令人纠结的内在心理空间，还是一个现实的物理生存空间，更是一个虚构的欲望权力空间。进入20世纪的科幻小说已然实现了其空间转向，传统科幻小说的空间形态与空间审美已经转向当下的后现代空间叙事。吉布森一直在他的“赛博朋克”小说中展现的那个令人眼花缭乱的赛博空间同时也开创了赛博朋克科幻小说运动。他的赛博空间，更是后现代文化的缩影，其中充斥着技术与信息对人性的操控，以及近未来世界科技泛滥所引发的灾难，人类的无力感和消极抵抗等。在吉布森看来，这个世界的一切都以空间的形式紧密相连，然而，在这个空间中，人与人之间的情感似乎日益淡漠，人们不断遭遇背叛与欺骗。悲观与不满的情绪在这个无法逃避、无法回避的空间里无时无刻不在蔓延。吉布森提出，情感的淡化并非偶然现象，而是现代社会快节奏、高压生活方式的必然产物。在追求物质满足的过程中，人们常常忽略了精神交流和情感培养的重要性。因此，他倡导人们重新审视自己的生活方式，并寻找平衡点，以便情感的温度能在这一空间中重新回暖。

国内外研究者对科幻文学的赛博空间和空间文化都进行了研究，特别是对吉布森科幻小说的赛博空间与文学在叙事学意义上的关系进行了较为深入的探讨。

尽管如此，研究者们对于赛博空间在科幻文学中所蕴含的哲学深意和文化批判尚未达成共识。一些学者主张，赛博空间不只是技术革新的产物，它还代表了人类对自我认识和存在形态的深刻反思。从这一角度出发，赛博空间变成了一个探讨个体与社会、现实与虚拟、自由与控制等复杂关系的平台。此外，赛博空间的描绘也揭示了作者对未来社会结构和人类行为模式的预测，以及对技术伦理和人类道德的深邃思考。因此，赛博空间在科幻文学中的角色远超出了一个简单的背景元素，它实际上构成了一个错综复杂的文化符号体系，通过文学作品向读者传递了深刻的信息和深远的启示。

一、国外研究现状

目前，“赛博朋克”科幻小说的创作与研究主要集中在发达国家和地区，如美国、加拿大和欧洲。对于“赛博朋克”流派的奠基人威廉·吉布森的作品研究，也主要集中在这些国家。国际上对吉布森的“赛博朋克”小说的探讨是跨学科且全面的，其研究重点大致可以归纳为以下几点。

1.“赛博朋克”的流传学研究

主要代表人物和成果包括：布鲁斯·斯特林（Bruce Sterling）编辑的第一部“赛博朋克”作品选《镜影：赛博朋克选集》，弗雷德里克·詹姆逊（Fredric Jameson）等著的《科幻文学的批评与建构》，拉里·麦卡费瑞（Larry Mc Caffrey）编辑的“赛博朋克”小说备忘录：《突袭现实的工作室：赛博朋克和后现代科幻的记录簿》等都有专章论述以吉布森为代表的“赛博朋克”小说的历史生成语境及其影响。斯特林自己就是“赛博朋克”科幻小说的领军人物，在《镜影：赛博朋克选集》中，他将历史分析、文化研究与“赛博朋克”科幻文本分析很好地结合在一起，重点揭示“赛博朋克”科幻小说的可阅读性和大众接受度。作为美国当代著名文化批评理论大家，詹姆逊一直关注当代科幻小说，在《科幻文学的批评与建构》第二编“科幻的乌托邦理论”中，詹姆逊主要从意识形态和乌托邦的角度来分析文本并提出其阐释的、乌托邦的马克思主义文化理论观。麦卡弗瑞在《突袭现实的工作室：赛博朋克和后现代科幻的记录簿》中从“赛博朋克”发展的历史背景出发，从“赛博朋克”与后现代主义的契合点分析了以吉布森为代表的“赛博朋克”科幻小说的流传与影响。

2. 多维视野中的“赛博朋克”文化批评

代表人物及成果有：卡伦·凯德拉（Karon Cadlar）的《女性主义赛博朋克》、尼古拉·尼克松（Nicola Nickson）的 *Cyberpunk: Preparing the Ground for Revolution or Keeping the Boys Satisfied* 等论著是从女性主义诗学视角来对吉布森“赛博朋克”小说来展开批评的，二者皆以后现代女性主义者的身份，对科学技术和哲学的价值论进行了批判性研究，通过揭示科学技术中的男性中心主义和性别歧视，提出了“赛博朋克”背景下的女性主义认识论。从后现代主义视角探讨赛博朋克的学者中，拉里·麦卡弗瑞（Larry McCaffrey）影响颇大。在1988年，编辑麦卡弗瑞推出了两卷本的《密西西比评论》赛博朋克特刊，这是首次将“赛博朋克”风格的短篇小说与后现代理论相结合的尝试。他主编的*Storming the Reality Studie：A Casebook of Cyberpunk and Postmedern Fiction*是第一部有关赛博朋克的论著集，也是科幻小说后现代历史的重要文献，主要探讨了“赛博朋克”科幻小说与后现代思想及后现代叙述技巧之间的关联，从类科幻的后现代主流作品和后现代科幻小说两个角度梳理了二者在理论和实践上的关系，为读者了解后现代文化的发展提供了一个新的视角。特伦·斯惠伦（Teron Sehuren）的《商品的未来：关于网络朋克和信息时代的评论》、弗雷德里克·詹姆逊的《未来考古学：乌拉邦欲望和其他科幻小说》等著作主要关注全球视野下的吉布森“赛博朋克”科幻小说。尤其是詹姆逊的理论思想跨度大，涉及面广，他们赋予了“赛博朋克”科幻小说全球化的视野和历史观，使人们更加关注全球化语境下社会的多元化和去中心化。Carl B. Yoke和Carol L. Robinson主编的论著集《赛博朋克科幻之父威廉·吉布森的文化影响》（*The Cultural Influences of William Gibson, the Father of Cyberpunk Science Fiction：Critical and Interpretive Essays*（2007）收录了15篇论著，关注的是吉布森的文化影响。该论著深入分析了吉布森主要作品的写作风格、人物性格、主题意义等方面，并探讨了吉布森对新兴技术的批判性思考，对吉布森研究具有重要价值。其核心主旨在于探索技术进步可能塑造的未来，以及我们的世界如何能够更加紧密地联系在一起。无论是直接还是隐喻地表达，科幻作品早已与地球村紧密相连，并以探索赛博革命将会怎样改变世界，并在现实世界不断加速发展的情况下始终预测着它的发展为圭臬。

3. 吉布森“赛博朋克”科幻小说的跨学科比较研究

对于吉布森“赛博朋克”科幻小说的跨学科比较研究，研究者们将人类学、电子信息技术、媒介学等概念引入对吉布森“赛博朋克”小说的研究中，这类研究成果可以说最为丰硕。Dani Cavallaro 的《赛博朋克与赛博文化：科幻小说和威廉·吉布森的作品》（*Cyberpunk and Cyberculture*：*Science Fiction and the Work of William Gibson*，2000）是第一部“赛博朋克”专著，深入探讨吉布森小说中科技对身体的重塑，性别身份与性取向，以及超大型都市的含义。Sabine Heuser 的《虚拟地理：后现代与科幻交汇处的赛博朋克》（*Virtual Geographies*：*Cyberpunk at the Intersection of the Postmodern and Science Fiction*，2003）该著作首次以切实可行的方式界定了赛博朋克的概念，并借助现有的后现代建筑理论，分析了吉布森如何运用语言构建出想象中的虚拟建筑。塔西安妮·拉帕兹克（Tatiani G. Rapatzikou）的《威廉姆·吉布森小说中的哥特主题》则关注吉布森小说中的视觉元素。托马斯·福斯特（Thomas Foster）的《赛博人的灵魂：作为边缘理论的后人类主义》将赛博朋克视为后人类主义的一种表现形式，让我们能追溯它从文学运动向媒体文化现象转变的历程。此外，马克·波斯特（Mark Poster）的《第二媒介时代》和《信息方式》对媒介学视野下的吉布森研究也颇具参考价值。简而言之，这些讨论融合了赛博朋克科幻小说中后人类叙事的演变，深入探讨了赛博格、虚构情境以及人类精神的潜能，同时涉及后现代主义与科幻小说的界限。此外，还涉及了故事叙述、超验主义，以及精神与物质之间的联系，科幻故事中认知与创造之间的相互作用等议题。

其实在西方批评界，对于赛博朋克这一科幻新文类，评论家对其存在褒贬不一的态度。比如，美国学者伊斯特万·西斯瑟瑞·雷内（Istvan Csicery-Ronay）认为，赛博朋克是对糟糕信仰的神化，对后现代的神化，而另一位美国学者司各特·布坎特曼（Scott Bukatman）则认为，赛博朋克的“神经漫游主义（neuromanticism）”恰当地体现了科幻小说在后现代时期的作用：“在技术不断生成的新的世界中，人类开始重新融合到这个新世界中”。詹姆逊在论及后现代主义的时候，特别提到了“赛博朋克”和吉布森：

> 那些叙述……在最近一种新型的科幻小说，即“赛博朋克”中得以体现，它既是跨国集团的一种实际展现，也是一种全球的妄想症。威廉·吉布森代表性的革新，事实

上表明了他的作品，作为一种特别的文学，是通过形成一个明显可见或可闻的后现代产品而呈现出来的。[1]

国外关于赛博空间的研究主要集中在其与军事、城市文明、生态伦理、政治经济、人类学等关系的跨学科研究上。有代表性的研究包括：麦克·费瑟斯通（Mike Featherstone）主编的论文集《赛博空间/赛博身体/赛博朋克：技术化身体的文化》，本论文集深入探讨了新兴的赛博空间领域，以及它对人类身体的社会和文化形态所带来的挑战；《赛博朋克与赛博文化：科幻小说和威廉·吉布森的作品》则专章讨论空间与社区之间的关系；《虚拟地理：后现代与科幻交汇处的赛博朋克》从后现代城市建筑理论阐述吉布森对赛博空间的构建；《威廉姆·吉布森小说中的哥特主题》从视觉元素图景的角度探讨赛博空间的存在方式；曼纽尔·卡斯特（Manuel Castells）的《信息时代三部曲》（2000）也有专章论述都市空间的社会理论与赛博空间理论的多重关系；荷兰学者西斯·J·哈姆林克（Cees J. Hamelink）的《赛博空间伦理学》（2010）针对由赛博空间产生所带来的全球化技术贸易、数字技术面临的平等和权力等重大问题做了翔实的阐释；约斯·德·穆尔（Jos de Mul）的文化人类学新著《赛博空间的奥德赛——走向虚拟本体论与人类学》（2005）的第二编第四章“从奥德赛到赛博朋克：空间的文学探索简史”对赛

① Jameson, Fredric. Postmodernism, or the Cultural Logic of Late Capitalism [M]. Durham: Duke University Press, 1991.

博空间进行了本体论和人类学视角的专题研究。马丁·帕克（Martin Parker）比较了现代赛博空间的世俗气息与空间项目的技术庄严感。他分析了鲍拉德（J. G. Ballard）的几篇短篇小说，也讨论了“空间”的现代形式。他认为这些空间是孤立的、个体的，通常以“赛博”或“虚拟”的形式存在。在一定程度上，现代赛博朋克科幻小说与资本主义及空间阴谋题材的融合，隐约映射出人类的雄心壮志。可以观察到，在这些作品里，尽管太空探索者可能持有特定的政治立场，他们依旧象征着进步、技术革新与组织能力的现代主义理念的完美融合。与虚拟世界的含蓄表达不同，这些作品中所体现的星际异常空间可能体现技术和人类之间的更深远的关系。在《未来考古学》（*Archaeologies of the Future*）一书中，詹姆逊认为，网络空间实际上就是一种新型的禁锢，是类似德国社会学家卢曼（Luhmann）的“系统理论”的主体，也和在它之前的结构主义和后结构主义一样，摒弃了“中心主体”，以全新的、个人化的方式不断发展”。在詹姆逊看来，“赛博朋克”所体现出来的乌托邦后现代空间转向，决定了它与现代主义的那种从时间角度，即对未来世界的描述之间的差异。在赛博空间里，一切皆为对现实世界的隐喻，反映了对当下的反思，以及对现实问题的想象性解答，通过想象的终结来预示当前世界的终结。

二、国内研究现状

在国内，随着现代科学技术尤其是计算机信息技术的迅速发展，互联网开始进入人们的生活并成为必不可少的学习和娱乐载体，对科幻小说的关注度也与日俱增，国内的科幻爱好者和研究者也开始将目光投向吉布森的赛博朋克科幻小说。他们不仅对吉布森作品中描绘的未来世界和赛博空间的概念怀有浓厚兴趣，而且开始深入研究这些概念对当代科技发展和社会变迁的前瞻性预测。随着技术的持续进步，尤其是人工智能和网络技术的迅猛发展，吉布森笔下的赛博朋克世界似乎正在逐步变为现实。国内的科幻社区通过组织研讨会、出版研究论文集以及翻译吉布森的作品，致力于将赛博朋克文化推广至更广泛的读者群。此外，一些科幻作家和艺术家也受到吉布森的启发，开始创作具有中国特色的赛博朋克作品，试图在继承传统的基础上，探索新的科幻叙事方法。

1999 年，上海科技教育出版社推出了威廉·吉布森著作《神经漫游者》的中文译本，标志着中国大陆首次引进并出版了吉布森的作品。在 2005 年 7 月，中国最具影响力的科幻杂志《科幻世界》推出了译文版的吉布森作品特辑。该特辑不仅翻译并发表了吉布森的四篇代表作——《冬季的市场》《新玫瑰旅馆》《内陆》和《空战游戏》，还特别收录了布鲁斯·斯特林为吉布森短篇小说集《整垮珂萝米》于 1986 年所撰写的序言。2013 年，中国掀起了一场吉布森作品的翻译热潮。在这一年中，三部吉布森的长篇小说相继被翻译并出版。江苏文艺出版社对《神经漫游者》进行了重新翻译并出版，新星出版社则翻译并推出了具有强烈预言性质的《虚拟偶像爱朵露》，而维多利亚时代的传奇故事《差分机》也得到了译介。这些作品一经推出，便迅速获得了中国广大读者的喜爱，特别是《差分机》，它已经成为卓越网上有史以来销量最高的科幻小说，由此可见吉布森的影响力。在研究方面，近年来研究吉布森的文献有所增加，主要内容集中在以下几个方面。

1.“赛博朋克”中的“身体”研究

2011年四川大学余泽梅的博士论文《赛博朋克科幻文化研究——以身体为视角》是目前国内唯一一篇以“赛博朋克”为研究对象的博士论著，该论著采用新技术背景下身体的视角，以赛博朋克小说及其衍生文化为研究平台，审视在后现代主义影响下，技术对日常生活的渗透如何引发观念的更新与未来展望。文章围绕身体意象在多种文本（包括小说、影视、音乐、艺术、亚文化等）中的呈现，探讨了与科技和文化相关的后现代话语是如何在后现代语境中构建的，以及身体意象如何参与社会文化观念的形成与传播。通过分析20世纪80年代初期赛博朋克的起源及其在不同媒体和受众中的反响，本研究将赛博朋克置于后现代语境中进行深入探讨，紧密围绕技术对身体的介入在观念上所提出的挑战，特别是对“人”的概念的挑战。研究从后人类主体的可能性、自我多元化转变、政治微观化等角度进行探索，旨在揭示后现代主义的混合特征。

在这一过程中，赛博朋克不仅作为一种文学和艺术流派，更演变成为一种文化现象。它深刻反映了社会对技术进步的焦虑以及对未来的不确定感。赛博朋克作品中常见的主题，例如人工智能、网络空间、生物工程和虚拟现实等，都揭示了人类与技术之间界限的日益模糊。这些主题的深入探讨，不仅挑战了传统的身份认同和个体性概念，也促使我们重新审视人类在技术主导的世界中的地位和角色。透过赛博朋克的视角，我们得以窥见后现代主义如何借助技术的介入，重塑了我们对现实的认知和对未来的想象。

2. 吉布森科幻小说的综合评论

广西师范大学胡戈教授著有数篇关于吉布森的研究论文：如《后现代危机：评威廉·吉布森的赛博朋克科幻小说》《威廉·吉布森的赛博朋克小说与后人类世界》和《威廉·吉布森与赛博朋克科幻小说述评》等，在广度上，较为详细地介绍了吉布森及其作品，在深度上，从后现代和后人类的视角对吉布森的作品进行分析。广西师范大学出版了三篇以“赛博朋克”为主题的硕士论文：肖绵的《空间转向与文学流变——以赛博空间的文学研究为例》，该论文运用索亚的“三种空间”理论对“赛博空间”作品进行了文艺美学的分析；杨会英的《论赛博朋克小说对人文精神的建构》，关注了“赛博朋克”流派中的人文精神；刘火雄的《赛博朋克小说特征论》，则从正邪主义、科技反思、英雄情节等角度探讨了“赛博朋克”小说的特征。此外，北京语言大学袁胤婷的硕士论文《美国赛博朋克科幻小说研究》、方兴东的《雪崩——赛博朋克新典范》、科幻作家杨平的《科幻小说流派——赛博朋克》等作品，都以探讨“赛博朋克”流派的特点和影响为出发点，对吉布森的主要作品进行了分析。北京师范大学吴岩教授主编的《科幻文学论纲》和《科幻文学理论和学科体系建设》是国内极具权威性的科幻小说百科全书式著作，其中对“赛博朋克”流派进行了专门的章节概述，并对吉布森的作品提出了深入的介绍与分析。上海大学黄禄善教授在《从“科学崇拜”到“科学恐怖”——论西方科学小说的主题衍变》一文中也简要讨论了赛博朋克科幻小说的主题。

3. 赛博朋克内涵研究

国内对赛博空间的研究主要集中在将抽象概念具体化的理论探讨上。对“赛博朋克”小说的研究，可能需要更多地回溯至2010年之后。2012年浙江大学方凡所著的《美国后现代科幻小说》把威廉·吉布森单独列为一章节进行介绍，其中专门介绍了吉布森的赛博空间观，这在国内可以说具有开创意义，方凡探讨了吉布森赛博空间朋克式的反主流文化色彩，认为赛博空间中科学技术对人性的控制、科技泛滥引发的灾难和社会伦理道德的溃败等等都是对后现代文化的折射。清华大学曾国屏等著的《赛博空间的哲学探索》（2002），是第一部关于赛博空间的专著。其对赛博空间的哲学、文化、伦理和生产模式的变革等位于学科前沿的基本问题，进行了大胆的探索。他主要探讨了虚拟实践的概念，它从交互主体性的角度出发，分析了虚拟世界中人与技术之间的互动关系。文章还从技术与人的相互影响中审视了赛博文化的运作方式，并通过具体案例来深入研究。此外，文章从信息权利的新视角审视了赛博空间（网络空间）中的道德和伦理问题，以及这些道德和伦理结构是如何形成的。

欧阳友权的《数字化语境中的文艺学》（2005）有专章论及赛博空间的后审美范式，从符号审美、活性审美、快乐审美三个维度分析赛博空间的审美范式。广西师范大学肖绵的《空间转向与文学流变——以赛博空间的文学研究为例》是目前国内唯一一篇以赛博空间为主题的学位论文。该论著以空间转向为切入点，分析了文学征服三种空间以及被赛博空间媒介嬗变技术反征服的种种文本特征，对赛博空间生成和文化数字化之间关系进行了反思。台湾大学黄涵榆博士的论文《主体、科技与赛博空间——吉布森之电脑朋克三部曲与后现代文化之叙事危机》，从科学与空间相互征服的时间与空间、宏观与微观、历时与共时的后现代叙事视角探讨了吉布森的赛博空间与主体、科技的内在关联，很有参考价值。

总体来看，以吉布森在当代科幻文学界的地位、其作品的特色以及其对文学研究、文化研究、人类共同体等产生的影响而言，吉布森研究特别是我国国内吉布森研究还存在着诸多的问题和不足。具体表现为：

一是研究成果较少。国内关于吉布森“赛博朋克”小说的专著和博士论著目前还没有出现，关于其科幻小说的译介也仅限于其代表作，期刊文章也较少，代表性成果更是少见。

二是研究范围和对象过于狭窄。国内关于吉布森的研究主要集中在其早期的“矩阵三部曲”，对其他作品的研究则寥寥无几。对其小说的文学性与科学性的跨学科研究趋于泛泛，深度不够。

三是研究视角有待拓宽和深入。到目前为止，关于吉布森小说的研究主要局限在对“赛博朋克”这个科幻文类的推介、其小说的人文关怀等维度。以跨学科的视野对吉布森的科幻文学主张和实践进行整体性和系统性研究成果目前还较少，从学术创新的角度来看，吉布森的研究的批评视角亟待拓宽和深入。

第三节　研究方法与创新

本书以吉布森赛“赛博朋克”科幻小说为研究对象，重点考察吉布森科幻小说中独特的赛博空间意识与赛博空间书写，结合后现代主义空间理论和后现代主义叙事理论，以文本细读为主要研究分析方法，从其赛博空间的呈现形态、叙事艺术、主体认同与意义等诸多方面来阐释吉布森“赛博朋克”小说的空间历史语境、时代价值和未来观照。

一、研究方法

本书首先将重点厘清吉布森赛博空间的独特内涵，再从多层维度探讨吉布森“矩阵三部曲”小说中时空双向交错、视角多维交叉的赛博空间呈现形态与审美范式，最后重点分析其赛博空间共同体之主体意识与身份的重塑，并通过对吉布森后现代视域下技术信息时代人类网络空间共同体的批判性反思，挖掘其赛博空间当下价值。主要研究方法包括：(1) 文献细读法。深入阅读吉布森“赛博朋克”小说文本及赛博空间研究相关各种论著，立足文献，深耕文献，深入挖掘吉布森赛博空间的特质。(2) 跨学科研究法。综合运用后现代空间理论、叙事学、文化学、哲学以及技术科学等多学科交叉的研究方法，强调内容上文本主体与生成语境的关联，重视文学研究与其他交叉学科的互补与互用。(3) 归纳演绎法。通过对吉布森小说赛博空间的梳理与归纳，丰富其与后现代科幻小说理论研究的双向互动，通过归纳其赛博空间的内涵与外延，彰显其时代价值和启示意义。

二、创新之处

本书的创新之处主要体现在三个方面。

一是选题有新意。过去的研究成果虽然涉及了赛博空间问题，但鲜有以此为中心去考察吉布森的科幻小说，在这个意义上，以赛博空间为关键词贯穿威廉·吉布森的“赛博朋克”小说研究，在吉布森研究领域属首创。

二是观点有创新。本论著深入文学文本，集中审视、研究和系统探讨吉布森的“赛博朋克”小说，分析其小说中的赛博空间的书写以及空间中人与技术之间的共生关系和互动机制。基于对其赛博空间共同体之主体意识与身份的重塑之探讨，通过对吉布森后现代视域下技术信息时代人类网络空间共同体的批判性反思，挖掘其赛博空间当下价值，所得出的结论和见解具有创新性和前沿性。

三是研究方法有创新。本论著坚持对象与方法一致的原则，根据吉布森科幻小说赛博空间所涉及问题的复杂性与多样性，选择了以比较文学的研究方法如跨学科研究、影响研究为主，综合运用后现代空间理论、叙事学、文化学、哲学以及技术科学等多学科交叉的研究方法，强调内容上文本主体与生成语境的关联，重视文学研究与其他交叉学科的互补与互用，使论证方法与研究对象达到协调一致，具有一定的科学性和创新性。

第四节 关键概念

关键概念，特指一部著作或一篇论著中体现其中心思想的核心术语。它是贯穿一部著作或一篇论著的基本思想，对作者论述问题或者读者把握文献重点起着引领作用。因此，关键概念的界定，是一篇论著写作过程中的重要组成部分。

一、赛博朋克

从词源学的角度来看，“赛博朋克（Cyberpunk）”取自“控制论”（Cybernetics）与“朋克”（Punk），又称数字朋克、电脑朋克或网络朋克，赛博包括全球网络、信息世界、生物科技（人工智能）等信息技术，“朋克”则被认为是一种整合音乐、服装与个人意识主张的广义文化风格及当代都市亚文化的异化感和文化混乱。弗雷德里克·詹姆逊认为，“朋克”一词的生造显然想把这场新的文学运动与朋克音乐表面上的社会边缘性联系起来。在詹姆逊看来，朋克既是风格又是内容，而在造就一种朋克生活方式的同时，这种造就本身也成了一种朋克形式，它或许比以前的任何东西都新奇而不同。

赛博朋克是一种科幻文化流派，它通常描绘一个高科技与低生活水平并存的未来世界。在这个世界中，生物性转型是指人们通过科技手段改变自己的身体，从而获得超越自然生物限制的能力。这种转型可能涉及植入机械装置、基因编辑，或者身体改造等。赛博朋克作品探讨的是个体在技术高度发展的社会中如何寻找和保持自己的“真实”身份，以及这种身份在生物性转型后可能产生的变化。赛博朋克的世界是当代城市空间的一种极端版本，肮脏、颓败、黑暗和危险遍布着整个底层街道和地面。但是这些城市的存在与它们的居民无关，只是为了技术本身所特地留出的一片无人监管区。这些地方没有时间，没有未来……宇宙只是没有形状的深渊，尺度失去了全部意义。在赛博朋克世界中，免于接触“真实”不仅是可能的，也是可以实现的。赛博朋克的世界是一个严酷的非人性化场域，是对现实社会中最糟糕趋势的极端展现。在这个极权公司远比政府重要的世界中，对于信息经济和全球化的全部焦虑都已成为现实。20 世纪 70 年代正是朋克摇滚乐火爆时期，他们以赛博朋克为武器，谴责了认为世界正在进步的思维方式。拉里·麦卡弗瑞认为，吉布森等人是在技术和反文化的双重背景下成长起来的，因此可以说赛博朋克是这两种影响综合之后的代表性产物。

在赛博朋克文化中，技术超越了单纯工具的角色，它已深入社会的各个层面，成为塑造现实的关键力量。从这一文化视角出发，技术与社会、政治、经济和文化交织在一起，构成了一个错综复杂的网络。赛博朋克作品通常探讨的主题涵盖了人工智能的兴起、虚拟现实的深度体验、网络空间的探险，以及对人类身份和意识的重新界定。这些主题不仅突破了传统科幻小说的框架，还对现实世界的技术进步和人类社会的未来发展提出了深刻的反思。

在这样的文化背景下，赛博朋克作品通常描绘了一个未来世界，技术的迅猛发展与社会不平等及道德界限的模糊形成强烈对比。在这个世界中，大型企业掌握着巨大的权力，普通人的生活则受到技术的严格监控和控制。赛博朋克作品的角色往往是边缘化的反英雄，他们利用技术手段反抗压迫，追求自由。这些故事通常蕴含着对技术伦理的深刻探讨，以及对人类在技术面前的道德选择和自我认同的质疑。通过这些故事，赛博朋克文化不仅为观众带来娱乐，也激发了人们对技术发展可能引发的社会变革和潜在风险的深思。

二、赛博朋克科幻小说

赛博朋克科幻小说，作为科幻文学的一个新兴分支，特指在后现代背景下创作的文学作品，这些作品将尖端科学技术与艺术美学融为一体，体现了后现代主义的特色。自威廉·吉布森在 1984 年发表小说《神经漫游者》（*Neuromancer*）开始，赛博朋克科幻小说便成为科幻小说中的一个新子类，一股新潮流。赛博朋克一反传统的乐观主义和对科技的盲目崇拜，成为具有后现代特色的科幻小说变革，在硬科学和大众文化之间展现着电脑空间、思维空间、异化空间等等的狂欢。在吉布森等赛博朋克科幻小说家的眼中，当前更重要的科技产品并不仅仅是原来意义上的军事、医用、太空等武器或工具，更重要的是诸如信息、记忆、模拟经历以及原始经历的复制等等，曾经短暂主观的情感和经历转变成客观可以复制的商品，将他们置于市场，定下价格，然后重新卖给每个人。在赛博朋克科幻小说的世界中，可复制的信息以虚拟现实的形式渗透进人们的日常生活，并开始占领人们的想象力、欲望，甚至是潜意识，也带来了令人烦恼的心理、道德和认识论上的不知所措。

在吉布森等的赛博朋克科幻小说中，器官移植、人工智能、黑客技术、异化世界等话题是对自然和无意识进行着史无前例的渗透和占领，引发了一系列社会、心理和政治问题。在某种程度上可以说，赛博朋克科幻小说融合了电影、电脑的拼贴和戏仿文学元素等极具后现代风格的艺术手法来创造文本意义，将所谓的真实和幻想融为一体，展现更为虚幻的杂糅空间。

这种风格的融合不仅在视觉上为读者带来震撼，而且在叙事结构上也颠覆了传统的线性叙述方式，采用了碎片化和非线性叙事手法。这要求读者在阅读过程中积极地参与到文本意义的构建中去。在赛博朋克小说中，角色通常是被边缘化的反英雄形象，他们栖息在一个高科技与低生活水平共存的未来世界，这反映了对现代科技发展和资本主义社会的深刻反思与批判。此外，赛博朋克作品经常深入探讨身份、自由、权力和人性等哲学议题，通过虚拟现实、人工智能和生物工程等主题，挑战读者对现实的理解和对未来的想象。

赛博朋克运动的另一领军人物布鲁斯·斯特林指出，赛博朋克是科幻小说在信息时代、都市和跨国公司蔓延的时代合乎逻辑的发展结果。赛博朋克的后现代性体现在其热衷于任意地玩弄碎片和拼贴，将熟悉的事物置于令人惊异的、不熟悉的背景下。吉布森等小说家向我们呈现了电脑空间或异化空间里无边无际的世界，传递着不同的信息，但又产生新的话语。其实，赛博朋克运动和赛博朋克科幻小说对当下有着极大的关注，他们关注他们所创造的世界的各种幻想，在日益异化的个体之间铸造了一个替代性的相对和谐的形式，理性和非理性同时存在于赛博文化的疆域中，赛博朋克对知识和行动者进行当代再评价的主要贡献，正在于它将神话主题与技术主题融为一体。这种神秘主义也是赛博朋克幻想之基础，展现了人与科技之间的冰冷关系。在赛博朋克科幻小说中，人类肉体与金属的鲜明对比、人类记忆与电脑记忆之间的深刻联系，以及人体本性的转变与后工业社会时空的转换，共同构成了笼罩在人类世界上的阴霾，我们复制自己的意识和身体的同时，也创造了一个希望缥缈的或许取代我们本质的幻影。

这种幻影，既是对未来可能发生的恐惧的体现，也是对人类自身极限的挑战。在赛博朋克作品中，技术的迅猛发展常常伴随着道德和伦理的界限变得模糊不清。当人类追求更加强大、更加完美的自我时，他们也面临着丧失人性的风险。在这个过程中，个体的自我认同和对现实的感知变得模糊，而社会结构和权力关系也因技术的介入而经历了根本性的变革。

三、赛博空间

学界一致认为，赛博空间（Cyberspace）这一术语最早由吉布森提出①，在其代表作《神经漫游者》中，吉布森将赛博空间描述为“一种共识性的幻觉……它是一种对于那些从人类系统中每台计算机银行中提取出的数据的图像表示。它具有难以想象的复杂性。一条条光线在智能、数据簇和数据丛的非空间中延伸，像城市的灯光渐渐远去并变得模糊”②。严格意义上来说，可以从两个维度来界定赛博空间。第一，赛博空间是数字化信息流动空间；第二，赛博空间是一种文化交往空间。

首先，作为数字化信息流动空间，赛博空间这个虚拟世界是由数字信息通信技术的发展和应用造就的。通过赛博空间，人们可以收集、存储和提取数据与信息。赛博空间是一个地理上无限的、非实在的空间，在其中——独立于时间、距离和位置——人与人之间、计算机之间以及人与计算机之间的相互联系。赛博空间的独特之处在于，无法精确指出行为发生或信息交换的确切位置和时间。当人们在网上冲浪、网上支付、网上

---

① 据吉布森自己所说，他是从布鲁纳（J. Brunner）的作品（《冲击波骑手》，1975）中借得“赛博空间”这个名词的。

② Gibson，William. Neuromancer［M］. New York：Penguin Putnam，1984.

预订或进行个人信息存储时，就意味着参与到赛博空间中。赛博空间不是单一的，更准确地说，它是一个“赛博空间群”，也就是说人们工作和生活是在一个有时相互补充、有时相互冲突的多重虚拟空间中。赛博空间的存在使得全球各地任何人之间的计算机中介通信成为可能。同时，它更是一个公共空间，在这个空间里，人机互动并不需要依靠物理层面的共享或身体层面的共存才能实现。当然，赛博空间经常被描述为一种同质的虚拟公共领域或公共空间，这又无疑掩盖了信息通信技术设备用途的多元性，准确来讲，赛博空间更应该被看作一种不同的多媒体技术和网络的集合体。

从文化交往空间的维度来看，赛博空间不应该仅仅被视为技术与信息的容器，而更应该被视为主体间相互交往、共同建构的结果。虽然赛博空间中存在大量图像和声音的传播，但是目前主要传播的信息内容是语言。正如哈贝马斯所说的那样，语言本身应该被理解为一个把主体联结在一起的网络，只有通过该网络，人们才能真正变成主体。哈贝马斯所说的网络是一种抽象的网络，而作为文化主体的人，总是在由具体的技术情境所规定的网络中了解他人并建构自我，即尽管主体的自我建构是开放性的，但往往会反映其所置身的技术文化的特征。在赛博空间中，人们为了联机交流而塑造一个身份，交流的成功与否在很大程度上取决于人们以文字塑造出有“真实弹性”的身份的能力。

因此，当我们研究赛博空间时，必须坚持一个基本的认识，那就是，随着“主体-技术-空间”关系的转变，在赛博空间内，身体与主体的联系、身份认同、交往动机及形式都将经历一种全新的变革。赛博空间的诞生并不仅仅是对传统媒介空间和文化交往空间的简单扩展，更应从文化交往空间与物理空间融合的宏观视角，深入探讨赛博空间所蕴含的新内涵。作为文化交往的赛博空间并不仅仅是一种信息的容器，更是一种精神文化视域下的延伸体。马克·波斯特（Mark Poster）曾指出，网络作为一种特殊的广延物体，一方面，它能够使“思维客体”将其自身建构为一个他者，处于能够认知并掌握广延物体的位置；另一方面，它没有其他广延物体所具有的固定性和种种局限，而是如同心智和精神那样，具有本质上的不确定性。实际上，主体的生活与文化情境是不可分的，我们不应该将主体和赛博空间相分离，而应该从整体上将人在赛博空间中的存在视为人在世界中存在的一种新形式。相应地，对于赛博空间，我们不能停留在对其简单的“交互性”“虚拟性”“数字性”等现象的简单界定上，而应该从多视角、多维度来考察赛博空间及其背后的文化，既要有常见的对象化和工具论的考察，更要有对主体的存在和交往的反思，既要有对现实网际生活保持一定距离的理论分析，又要有基于具体的生活环境和个案的微观经验分析。

在深入探讨赛博空间的文化内涵时，我们还应关注其对个体身份认同的影响，以及它如何塑造和改变人们的社交习惯和沟通方式。此外，赛博空间的全球化特性要求我们从国际视角审视其文化差异和交流，以及它如何跨越国界，影响全球文化格局。同时，我们不应忽视赛博空间中出现的新社会问题，如隐私保护、网络安全、信息过载等，这些都是理解赛博空间文化不可或缺的部分。通过综合这些视角，我们可以更全面地理解赛博空间，以及它在当代社会中的角色和意义。

第一章
威廉·吉布森科幻小说中的赛博空间呈现形态

自《整垮珂萝米》(*Burning Chrome*, 1982)中首次出现“赛博空间(Cyberspace)”一词，吉布森在他的赛博朋克科幻小说中，尤其是其“矩阵三部曲(Matrix Trilogy)”中不断地向读者展示这个令人眼花缭乱的空间。在其代表作《神经漫游者》中，吉布森对“赛博空间”有着十分清晰的描述：赛博空间，(指的是)世界上每天都有数十亿合法操作者和学会数学概念的孩子可以感受到的一种交感幻觉，是从人体系统的每台电脑存储体中提取出来的数据的图像表示。复杂得让人难以置信！一条条光线在智能、数据簇、数据丛的非空间排列着，像城市的灯光渐渐远去，变得模糊。赛博空间的主要特点是从传统科幻小说对机器人和外太空的关注，转为对控制论和电子信息技术的关注。赛博朋克科幻小说注重技术科学和具有朋克色彩的都市亚文化的结合，注重蔓生的技术，也注重到处是失败者和疯子的混乱世界的反乌托邦式的描写。一些评论家（如拉里·麦卡弗瑞等）将赛博朋克视为后现代世界的代表性文化，另一些人（如詹姆逊等）则认为以吉布森为代表的赛博朋克作家的小说也可以被解读为一种向我们预告未来的社会理论。而不论是作为后现代文化的表征还是对近未来世界的警示，其表现的主要途径都是借由吉布森对赛博空间的描写。通过呈现近未来世界里异化和混乱的赛博空间，吉布森向读者呈现了信息时代的图景，以朋克式的反文化色彩，折射出反技术控制和信息控制的后现代文化，引发读者在荒诞和幻想的情境下去思考，当我们从直立人走到今天的智能人，又该如何在后现代人文主义与后现代技术的对峙与博弈中成为智慧人。

第一节　吉布森的赛博空间观

1983 年，美国科幻小说家布鲁斯·贝特克（Bruce Bethke）发表短篇小说《赛博朋克》（*Cyberpunk*），“赛博朋克”作为作品名称开始为人们所了解，但“赛博朋克”作为一个词正式发表于 1984 年，系美国科幻作家加德纳·多佐伊斯（Gardner Dozois）用来描述斯特林和吉布森等人的科幻作品。赛博朋克科幻小说一直关注的是人类和人工智能、机器人、生化人、克隆人、移植人、拟感装置、神经拼接术、克隆杀手等等之间的联系。

赛博朋克科幻小说中的主人公几乎都是处于赛博空间生态链的底层边缘人物，他们为了生计，疲于奔命，朝不保夕，同时又以颓废、放纵的生活方式来表示自己对非理性和异化的赛博空间的抗议，在他们赖以生存的这个空间，随处充满了诡异，一条条微弱的光线慢慢形成，有竖有横，在舞台四周画出了一个开放的立方体。然而，那个朦胧的立方体被填满了，变成了一间房子，一间没有四壁的房子……一个躯体出现了，白白的，无头，很美……用拉里·麦卡弗瑞的话来说，赛博空间系统地歪曲了我们对自己是谁、来自何方、什么是真实、什么是人类最高价值等等的感觉。

吉布森的“矩阵三部曲”，也称“蔓生三部曲”，即《神经漫游者》《零伯爵》《蒙娜丽莎超速档》，最能展现令人眼花缭乱的赛博空间，让读者感受到虚拟现实数据空间的矩阵。“矩阵”指的是充满了相互作用、紧密联系的电脑数据库信息的赛博空间，它包含了地球上的所有信息，也成为所有能感知到这一切的人的共同家园，虽然大部分人类对此毫无所知。“蔓生”一词，指的是以杂乱无章的方式四处蔓延，也正是这个三部曲所要展现的充满无限可能性的赛博空间的科幻世界中各种不确定性的表现。小说不乏对传统科幻小说中各类元素，如对技术的描述、对人类在高科技环境下的彷徨、对随着主人公的足迹掀开一个个令人目瞪口呆的画面等等的描述等，也充满了后现代文学作品的特点，将高科技的领域和低俗下流的黑社会结合起来，将人类对高科技既依赖又反感的情绪融合在一起，将叙事碎片化，展现后现代主义文化环境下人类充满自我意识的迷茫与失落。通过对吉布森“矩阵”三部曲的文本细读，笔者认为吉布森的赛博空间是一个矛盾与冲突共生的杂糅空间，现在与未来混合的矩阵空间和人工智能与人类生存的较量空间。在这个构想的空间里，吉布森不仅构筑了一个科技高度发展的未来世界，还深入探讨了人类如何在这样的世界中维持自我认同和道德判断。他借助角色之间的互动与冲突，揭示了技术如何塑造社会结构以及个人命运。吉布森所描述的赛博空间，不仅是物理空间的拓展，更是人类心理和文化冲突的展示平台。在这个平台上，人类与人工智能之间的界限变得模糊不清，个体在追求自由与权力的征途上，不得不面对自我认知的挑战和道德选择的困境。

一、矛盾与冲突共生的杂糅空间

《零伯爵》中的故事发生在“温斯缪特”和“神经漫游者”合体七年之后。这时矩阵空间出现了奇异的“伏都神”（貌似“温斯缪特”和“神经漫游者”合体后释放出的有意识的人工智能体）。受控于“伏都神”的神秘人士找到了年轻的赛博空间牛仔波比，让他去赛博空间取回破冰程序。自称“零伯爵”的波比在遇到几乎致命的险境时，看到了一张天使般的少女面孔，继而得以保全性命。事实上，这个有着天使般面孔的少女是著名生物芯片开发者米歇尔先生的女儿安吉拉，米歇尔在他女儿的大脑内植入了特别的生物芯片，使得她无需借助任何东西就能自如地进入赛博空间。但她也引起了“伏都神”的注意。想获得永生和无所不能的世界首富维瑞克对波比要去取回的破冰程序和安吉拉的生物芯片垂涎欲滴，他借着画廊女老板玛丽去寻找艺术性的盒子，以求占有它们，却终以失败而告终。而波比和安吉拉则是有情人终成眷属。在这部小说中，最引人注目的就是矛盾和冲突共生的蔓生赛博空间。相比于《神经漫游者》中的“温斯缪特”和“神经漫游者”“伏都神”以类似于哥特风格的元素笼罩着整个赛博空间，也构成整部小说的主线索：“它游荡在矩阵空间，吸引了类似波比的年轻探险者，启发了类似米歇尔的生物芯片工程师，还以极具艺术个性的盒子诱惑维瑞克这种巨富，一切都在它的掌控之中，随心所欲而又只有蔓生。”①

在《零伯爵》中，吉布森向我们呈现了一个矛盾与冲突共生的杂糅空间，整个故事有三条主线，讲述特纳、波比和玛丽三个人的故事，最后他们因为在同一个目的地——赛博空间汇合。在每个单线故事，三个主人公各自面临人与人、人与体内拟感装置、人与人工智能体之间的各种冲突，故事的最后，当三人发现为了同一个目标而必须相互斗争的时候，又陷入了新一轮的矛盾和冲突之中，他们在这个杂糅的空间里，雷同而孤

① Gibson, William. Count Zero [M]. New York: Ace Books, 1986.

独，赤裸裸地直面虚无，但已经没有什么意义。

在当今社会，人工智能已经成为我们日常生活中不可或缺的一部分，计算机、智能手机及各种智能电子设备占据了我们生活的巨大空间。正如著名赛博文化研究者唐娜·哈拉维所说，我们每个人都已经成为或将要成为赛博人。人工智能产品以各种理念和意象来吸引消费者的注意，在人们的脑海中形成一种虚拟幻想，而这些产品在某种程度上也成为一种幻觉和一种依赖，令人困惑、充满虚幻、如海市蜃楼一般。在吉布森看来，这些幻想和依赖是通过让众人不断地分享个人体验所慢慢形成的一种共识。总体来说，传统的西方哲学是十分注重理性反思并推崇科学技术理性话语的，赛博朋克科幻小说也同样突出理性与反思的地位，但是理性的凸显却是基于对非理性的审视和批判之上的，赛博朋克科幻小说将理性与非理性糅合起来，将高智能的赛博空间与朋克亚文化混合起来，从而形成了极具特色的赛博空间文化。在吉布森的小说中，赛博空间中人工智能的绚丽多姿和隐藏其中的凌驾于法律之上的犯罪世界的阴暗丑陋往往交织在一起，二者之间的相互作用，此消彼长或彼消此涨，这恰恰正是吉布森小说的主要特征。信息技术给我们带来福祉的同时，又滋生出人伦沦丧、道德败坏和人性扭曲，这就不得不使得我们去重新在这个虚拟却又无比真实的赛博空间，不得不迫使我们去审视时间、现实、物质、团体和空间的概念，正如布鲁斯·斯特林所说，“也许，赛博朋克作家是既受传统科幻小说影响，又成长在现实科幻般世界的一代”。完全可以说，赛博朋克科幻小说无论是从主题呈现还是从审美形态上，都彻底改变了读者对科幻小说的认知。

在一次访谈中，吉布森曾对计算机有过这样的说辞：“我的小说中的电脑只是人类记忆的隐喻而已。我感兴趣的是记忆的方式和原因，如何界定我们的身份，如何轻易地被修改”。英国学者丹尼·卡瓦拉罗在分析赛博朋克小说时曾经指出，赛博朋克与哥特、神话和科学技术密不可分，同时它又和侦探小说、敌托邦叙事以及后现代小说息息相关。毋容置疑的是，无论从人物、主题、情节还是从叙事风格上来看，赛博朋克都和哥特小说、侦探小说和敌托邦小说有着许多共同之处。当然，这里所指的哥特不仅仅是一种风格，同时也是一种文化话语，极力表现无处不在的异化、碎片和衰败，这和赛博朋克科幻小说展现的以暴力、无序和道德破败为核心的赛博空间文化有着太多的相似之处。一个最好的时代（信息技术极度发达），也是一个最坏的时代（无政府主义下的跨国集团和极权组织掌控一切），城市里娼妓、骗子、毒贩、杀人犯四处横行，人性异化，小人物们过着朝不保夕但又唯利是图的生活，他们常常表现得十分无助、恐惧而又疯狂，生活充满了混乱和溃败的气息，疾病、朽败、兽性等等也是赛博朋克科幻小说中常常出现的令人痛心的表象。夸张的风格、细节的堆砌、层叠的叙事等也都是赛博朋克和哥特、后现代小说共通的叙述手法。此外，赛博朋克和神话与科技的渊源在于其对人类躯体的关注。发达的生物科技可以瓦解人类的肉身，同时也为在肉身上做各种新奇的实验提供了可能。在赛博空间里，人们生活在冷峻的通信网络中，人的肉身被抛弃，人与人之间不再亲密，却往往受困于被废弃的物体形成的迷宫之中。卡瓦拉罗从人类肉身在赛博空间的演变这一角度，关注赛博朋克这一文学类型所创造的科幻世界，这个方法有着一定的积极意义，它打破了读者对传统科幻小说的幻想，并使之惊觉当下世界的不确定性。后现代主义小说对现实可信度的强烈质疑为赛博朋克的发展提供了很大的可能性，托马斯·品钦、唐·德里罗等后现代主义作家的作品中高雅文化与大众文化的交织、技术修辞的使用以及对偏执和异化的人物的描写，都深深地影响着赛博朋克的创作。

赛博朋克小说通常描绘一个未来世界，那里高科技与低生活水平并存，技术的滥用和对个体的控制成为社会的常态。这种设定反映了后现代主义对技术进步可能带来的负面影响的担忧。同时，赛博朋克作品中常见的反乌托邦元素，如对个人自由的限制和对社会秩序的挑战，也与后现代主义对权威和传统叙事的批判相呼应。此外，赛博朋克小说中对身份、现实和虚拟界限模糊的探讨，以及对人类与机器关系的重新定义，都显示了后现代主义对传统认识论和本体论的挑战。通过这些主题和叙事手法，赛博朋克小说不仅为读者提供了一种对未来世界的想象，也反映了对当代社会和文化趋势的深刻反思。

二、过去、现在与未来混合的矩阵空间

在《蒙娜丽莎超速档》中，波比和安吉拉的故事有了结尾。安吉拉因其特异功能迅速成名，也使得她和波比最终分道扬镳。波比返回了黑社会，却因窃取具有超大容量的生物芯片“阿列夫”而不省人事，由于波比的肉身和“阿列夫”紧密相连，他的朋友吉特只好将波比的肉身托付给隐居的艺术家斯里克。斯里克偶然间发现，“阿列夫”几乎拥有矩阵空间的所有数据库，它是三简女士为自己而造的。与此同时，《神经漫游者》中的莫莉再次出现，她改名萨莉，受三简女士的胁迫绑架了安吉拉，同时将一位16岁的少女蒙娜丽莎整容成了安吉拉，并将两人带到了斯里克的工地，最终，安吉拉和波比都在火拼中丧生，萨莉占有了“阿列夫”，蒙娜丽莎取代了安吉拉。“赛博空间又一次迎来了新的挑战。”①

吉布森的《蒙娜丽莎超速档》还有另一个名称，那就是《神经漫游者：重启蒙娜丽莎》，在这个书名之下，还有一行字特别醒目：“旧的，永远存在，过去现在始终如一”②，在《蒙娜丽莎超速档》中，《神经漫游者》和《零伯爵》中的人物（凯斯、莫莉、波比、三简女士）再次出现在故事中，他们在“阿列夫”这个矩阵空间相遇，一个现在、过去与未来混合的矩

① Gibson, William. Mona Lisa Overdrive [M]. London: Harper Collins, 1998.
② Gibson, William. Mona Lisa Overdrive [M]. London: Harper Collins, 1998.

阵空间展现出来。在这个空间里，人工智能、赛博空间永远存在，九美子、蒙娜丽莎和安吉拉代表着现在，凯斯、莫莉代表着过去，当他们在空间相遇，“一个年轻的妓女，一个耀眼的女明星，一个被放逐的机械师，一个跨国财团大小姐，四人命运相互交错……网络空间内，人类的命运也危在旦夕”①。

以吉布森为代表的赛博朋克小说家相比于早期的科幻小说家而言，不同在于他们亲眼见识到了科技发展的迅速和不可思议。拉里·麦卡弗瑞一针见血地指出，“赛博朋克作家是第一代不再以电视天线、电脑、数字手表等等为奇异事物的艺术家，也是第一代读着品钦、巴洛斯等人的作品长大，浸淫在科技和流行文化以及和毒品与朋克摇滚等等反主流文化中的作家”。因此，他们的作品中展现的，不是那些看起来天方夜谭的东西，而是有可能正在成为现实的技术。在赛博朋克中，无处不在的充满不稳定因素的赛博文化让读者意识到，任何权利和知识结构从来都不是透明的，我们的所见所知都是不确定的。理解当下，要先理解我们所知的、未知的和想象的是如何充满了矛盾和动荡。后工业情境下构造大规模的技术社会关系，是后现代消费文化的叙述版本。赛博朋克作家对后期资本主义的描述，及其对主观性、人类意识和技术造成的新问题行为的重述都是读者和批评界特别关注的地方。他们构建了一个未来世界，那里高科技与低生活水平并存，以此探讨个体在社会和政治压迫

---

① Gibson, William. Mona Lisa Overdrive [M]. London: Harper Collins, 1998.

下的生存状态。在这个世界中，技术已不再是解放人类的工具，反而转变成了控制和剥削的手段。赛博朋克作品中的角色通常是被边缘化的反英雄，他们采取各种手段反抗由大企业主导的系统，努力寻回失去的人性和自由。这些作品不仅反映了对技术进步乐观主义的质疑，还提出了关于身份、自由意志和道德选择的深刻问题。

吉布森的作品突出了电脑技术如何让我们对自己和无数他者（通常是没有面孔的）之间的关系产生奇妙的概念，他的作品设想未来，但是通过当下发现未来的根基，通过当下找到未来的暗示。在吉布森的赛博空间中，他展现了一个这样的世界，那是一个无比庞大、成倍增长、无边无际的领域，向量线将它们一分为二，又在无尽的远方融合在一起，四处充斥着跨国公司的资料体系。在他的作品中，矩阵（matrix）是体现赛博空间文化的焦点。所谓矩阵，就是数据随着人类意识舞动，人类记忆被文字化和机械化，跨国信息体系突变，繁殖成令人震惊的新结构，其美感和复杂度都是不可想象的、神秘的以及非人类的。吉布森受益于青少年热衷的电子娱乐游戏，他被孩子们的入迷激发了灵感，神经元在他们体内游荡，电子在游戏中到处运动，这些孩子显然相信游戏机所投射的空间的存在，这让吉布森开始想象电脑终端空间的阐释，在《神经漫游者》中，吉布森首次使用“矩阵”这个词来指称可视化的网络。主人公凯斯通过神经病学的手术，对电子空间的感受犹如现实空间一般，任他在其中探寻。在他面前的这个空间，是立体的，触手可及的，它无所在，无所不在。是一切的总和，是全部的全部。吉布森因此也在国际互联网出现之前，以科幻小说的形式预想了一个便于全球沟通的网络。在吉布森看来，互联网对世界的改变就像汽车对世界的改变一样，是 21 世纪人类最吸引人、最史无前例的成就之一，是一种新的文明。吉布森的作品成功地让科幻小说焕然一新，他以小说创作中的后现代美学艺术，影响了科幻小说研究中新视角的发展。他的赛博空间视野和现实世界相互碰撞，影响了人们思考和说话的模式，成为基于科学幻想基础上的令人深思的作品。当然，吉布森的创新远不止于文学领域，他的作品同样激发了电影、游戏以及艺术等多个行业的灵感。他所勾勒的赛博空间概念，不仅预示了互联网时代的来临，而且为后续的数字文化发展奠定了基石。通过他的文字，读者能够窥见未来社会的复杂性，以及技术可能对人类生活带来的深刻影响。

三、人工智能与人类生存的较量空间

《神经漫游者》讲述了在一个敌托邦的黑社会里，一位名叫凯斯的天才电脑黑客，因偷了雇主的东西，使得神经系统受到毒枝菌素的破坏，导致他再也无法通过他的大脑计算机界面进入赛博空间的全球电脑网络，即称为“矩阵”的虚拟现实数据空间。这时一个名叫莫莉的女子神秘地出现在他面前，莫莉受

命于一个名叫阿米蒂奇（真实身份是科托上校，一个曾经企图渗入并破坏俄罗斯电脑体系的特工队军官）的黑社会头目，强迫凯斯加入了他的团队。阿米蒂奇答应治好凯斯，但要求凯斯为他做黑客。阿米蒂奇交给他的任务就是进入财阀特希尔·阿西普尔家族所拥有的赛博空间站“牢墙之外”的轨道空间。在执行任务的过程中，凯斯发现整个任务其实掌控在人工智能体“温斯缪特”（冬寂）手中，其目的就是要摆脱图灵警察对人工智能体进化的限制。凯斯用强大的破冰程序穿破图灵障碍软件进入赛博空间，这时“温斯缪特”杀死了违背他的阿米蒂奇，并直接指挥凯斯和莫莉到特希尔·阿西普尔家族的克隆女三简女士那里获得进入家族数据库核心的密码。虽然这一切受到了“温斯缪特”的同胞人工智能体“神经漫游者”的阻挠，但最终凯斯他们还是顺利完成了任务，“温斯缪特”和“神经漫游者”也合二为一，形成整个“矩阵”空间。莫莉又如来时一般神秘离去，凯斯则恢复了健康，继续徜徉在蔓生的矩阵空间。

在《神经漫游者》中，到处充满了人工智能与人类生存的生与死的较量，以凯斯、莫莉、阿米蒂奇为代表的人类与以“温斯缪特”、三简女士为代表的人工智能之间的较量是整个故事的主旋律。为了生存下去，凯斯与莫莉每天不得不反复重复一件事，那就是放上电极，接入网络，切换感觉。成功窃取特希尔·阿西普尔家族所拥有的赛博空间站的数据是他们活下去的唯一希望，而他们所面临的人工智能，温斯缪特寒冷，寂静，如同一只机器蜘蛛……慢慢铺成一张大网，铺成他们的死亡，铺成他们的毁灭。如同一个鬼魂……在强大的人工智能面前，凯斯和莫莉战战兢兢，显得惶惶不可终日，在进入阿西普尔赛博空间站后，身边一个又一个伙伴倒下了，其中包括雇佣他们的阿米蒂奇。在与人工智能生与死的较量中，很难说最后谁胜谁负，人类付出了惨重的代价，凯斯曾经的恋人，一路同行的好伙伴付出了生命，同时最终也帮助象征着人性的“神经漫游者”战胜了疯狂的“地狱之王”。温斯缪特是决策者，在外域实施改变。而神经漫游者则是人性，是永生。玛丽——法兰西一定是在温斯缪特内部植入了一种追求，一种不懈的自我解放的追求，与神经漫游者融合的追求。

吉布森的《神经漫游者》开创了赛博朋克科幻小说运动，并且更加关注科学技术的力量及其对人类的影响。朋克式的反主流文化色彩，让人们看到了赛博空间里技术和信息对于人性的控制；在未来的时代，新兴科技的泛滥可能引发灾难，社会伦理道德可能面临崩溃，人类可能感到无能为力并对消极反抗产生共鸣，这些也都是对后现代文化的折射。以吉布森为代表的赛博朋克科幻小说，也通过电影、电视、游戏等各种媒体形式散播开来，给人们带来强烈的视觉冲击和未来科技的大胆想象。在吉布森的赛博空间里，地球上的一切都以空前的形式紧密相连，各种组织和势力操纵着全球的经济和社会。人们迅捷地穿梭于世界各地，交通与通讯信手拈来，畅通无阻。进入赛博空间的操控台，成了他们的玩具，运载你穿越其实不存在的无尽空间——复杂得人类难以想象的感官幻觉：数据网、赛博空间；巨大的团体热核熊熊燃烧如霓虹新星，数据过于稠密……可与此同时，人与人之间的情感交流日益变得模式化，冷漠感逐渐加剧，信任似乎已沦为一种过时的情感，人的内心无限孤独，人们已经迷失在了盒子里（即赛博空间，笔者注），迷失在它唤起的难以想象的距离感、失落与阴郁之中……悲观与不满的情绪蔓延在赛博空间中，完了。这个地方。这里没有时间，没有未来。

威廉·吉布森的赛博朋克小说不仅揭示了数字化世界对人类未来社会的深远影响，还描绘了人工智能与人类之间的对抗。作为本体论机器的代表，人工智能正在引发人类社会的深刻变革。赛博空间正以一种不易察觉的方式渗透我们的日常生活，这促使人们对自己的生存状态进行深思。在吉布森的作品中，本体性的缺失与赛博技术的广泛应用之间形成了鲜明对比，而这种对比正是赛博朋克小说家们所忧虑的。人们似乎在不知不觉中成了技术的附庸。

在这一背景下，吉布森在其作品中深入探讨了个体身份的模糊性问题。小说中的角色频繁穿梭于虚拟与现实之间，使得身份的界限变得模糊。他们通过赛博空间体验到一种超越肉体的自由，然而这种自由也伴随着丧失真实自我的风险。在吉布森构建的赛博朋克世界中，技术的迅猛发展不仅改变了社会结构，还重塑了人类的感知和认知模式。读者在阅读这些作品时，不仅能感受到对未来的科技抱有憧憬，同时也会被提醒警惕技术可能引发的异化效应。

第二节 现实的物理空间

威廉·吉布森将“赛博空间”设定为先进的、具有共享性的虚拟现实网络。在这个空间内，用户借助神经接口与计算机系统进行直接交互，沉浸于一种超越传统物理界限的环境之中。这种构想不仅预示着未来互联网的发展趋势，而且对人类社会的沟通模式、信息处理以及文化认知带来了深刻的影响。赛博空间的理念在诸如《神经漫游者》等科幻作品中得到了淋漓尽致的体现，成为科幻文学领域一个具有里程碑意义的创新元素。

广义上来看，赛博空间即电子空间或数字空间，虽说是虚拟空间，但又是现实存在的一个人工或人造的世界，一个由我们的系统所产生的信息和我们反馈到系统中的信息所构成的世界。吉布林认为赛博空间是一种“同感幻觉”。它指的是在虚拟的网络世界中，人们感受到的一种仿佛真实存在的体验。在这个网络世界中，各种通讯系统，都可以被看作是构成“矩阵”的一部分。换句话说，当我们通过电话进行交谈时，我们的对话实际上是在这个由通讯网络构成的虚拟空间中进行的。

一、技术进步与现实恐慌下的模糊地带

赛博空间是一个虚拟的网络世界，它需要通过计算机或网络接入才能进入。这个空间打破了传统物理空间的界限，允许人们在不受地理限制的情况下进行交流和互动。它不仅扩展了人们交往的时空范围，还改变了人与人、人与自然、人与社会之间的关系。赛博空间作为一个新兴的社会生活和交流平台，它是一个虚拟的精神和文化领域，依赖于计算机技术、网络通信技术和虚拟现实技术，并以高速信息传播为媒介。它的特点包括多媒体性、交互性和超链接性。赛博朋克小说家们利用这些特性，描绘了未来赛博空间可能呈现的面貌，这些描绘通常带有反乌托邦色彩。在这些小说中，技术的进步模糊了真实与虚假、人类与物质、人工与自然之间的界限，反映了技术统治下人类异化的虚构现实。

虚拟与现实原本是两种完全不同的概念，它们代表着非真实和真实的世界。然而，随着科技的进步，这两个领域之间的界限变得模糊。特别是赛博空间的出现，让虚拟世界与现实世界之间的互动成为可能。赛博空间是一个可以让人沉浸其中、与之互动的多维信息环境，它具有沉浸性、交互性和幻想性等特点。威廉·吉布森是赛博朋克小说的先驱，他在作品中描绘

了一种全新的生活方式，即通过赛博空间连接人、机器和信息源，创造出一种“虚拟现实”。在这种虚拟世界中，用户可以体验到一个仿真环境，获得超越现实世界限制的体验和视野。“仿真”一词指的是在后现代社会中广泛存在的现象，即大量复制并极度逼真的图像或符号，这些图像和符号缺乏客观的原始参照。这一概念是由理论家鲍德里亚提出，用以分析后现代文化中的特定现象。在《仿真与拟象》中，鲍德里亚认为“仿真将想象呈现为真实，将不在场的东西通过技术的手段即时转换为在场。虚拟的世界变得越来越真实，并且比真实世界更为真实，即‘超真实’（hyperreality）”①。鲍德里亚讨论了虚拟实在（Virtual Reality，简称 VR）与真实实在（现实世界）之间的关系，以及虚拟实在可能对现实世界产生的影响。“超真实”是指虚拟现实中的体验可能比现实生活中的体验更加生动、真实，以至于人们可能难以区分两者之间的界限。这种现象可以导致现实和虚拟之间的界限变得模糊。虚拟实在不再仅仅是对现实世界的模仿或再现，而是变成了一个自我参照的实体，它自身就具有了“真实”的意义。换句话说，虚拟世界中的体验可以如此逼真，以至于人们开始认为虚拟世界中的体验比现实生活中的体验更加重要或“真实”。

在《神经漫游者》的小说开头，吉布森写道“港口上空的

---

① Baudrillard, Jean. Simulacra and Simulation [M]. Michigan: The University of Michigan Press, 1994.

天色犹如空白电视屏幕"[1]，在《零伯爵》中吉布森又写道"夜色如翅，扫过巴塞罗那的天空，像是巨大的慢速快门一闪，维瑞克和桂尔公园都消失了"[2]，吉布森在作品中经常探讨科技与现实之间的关系。在这段描述中，吉布森通过将电视屏幕这一人造物体作为比喻的主体，来说明科技文明如何在我们的感知中取代自然环境，成为我们生活中的"第二本质"。他指出，在吉布森的笔下，真实世界与仿造的世界之间的界限变得模糊，原本截然不同的两个概念开始融合，甚至在某种程度上，仿造的世界似乎比真实世界更加真实。这种现象在吉布森的"矩阵三部曲"之一《零伯爵》中表现得尤为明显，书中的富商维瑞克依靠全息投影技术在世界各地"现身"，尽管他的身体实际上已经无法行动。这表明，随着仿真技术的发展，我们可以在家中体验到仿佛身处异地的感觉，但这也导致了我们难以区分真实与仿造，现实与虚拟之间的界限。

"请原谅我对技术的依赖。我被禁锢在一个大缸里已经十多年了。斯德哥尔摩郊外一片丑陋的工业区。说是地狱也有可能。我不是一个完好的人，玛丽。请坐在我旁边。"[3]"你看见的是替身。也许是全息投影……"[4]，"她看见一片白色的砂石、一枚生

① 威廉·吉布森. 神经漫游者［M］. Denovo 译. 南京：江苏文艺出版社，2013.

② Gibson，William. Count Zero［M］. New York：Ace Books，1986.

③ Gibson，William. Count Zero［M］. New York：Ace Books，1986.

④ Gibson，William. Count Zero［M］. New York：Ace Books，1986.

锈的回形针、一只蜂蜜或者黄蜂的积灰尸体。细节真实得可怕……”① 引文描述了一个场景，其中主角玛丽遇到了一个由全息技术制造出来的虚拟人物维瑞克。不仅如此，他们进行对话的地点也是通过虚拟技术“仿真”出来的。这个虚拟城市的仿真程度非常高，以至于玛丽对所见的一切感到非常震惊。无论是昆虫还是石板，每个细节都极其逼真，以至于她开始怀疑现实生活中所见到的是否都是虚假的，反而觉得眼前经历的虚拟场景才是真实的。她感慨道：“仿真最恐怖的地方就是它让人怀疑自己周围的一切可能都不是真的。”②

在《神经漫游者》中，高科技和网络技术高度发达，形成了一个全新的虚拟世界——赛博空间。在这个世界里，人们可以借助先进的技术进入一个由信息构成的虚拟现实空间。与现实世界的荒废和破败形成鲜明对比的是，赛博空间成为人们逃避现实、寻找自由和精神慰藉的乌托邦。小说的主人公凯斯是一名电脑牛仔（Cyber cowboy），他擅长在赛博空间中穿梭，进行各种信息和数据的窃取。凯斯依赖于这个由高科技主宰的世界，以此为生。但是，由于一次贪婪的举动，他偷取了雇主的信息，结果被雇主施以残酷的惩罚——使用一种名为枝霉菌毒素的物质破坏了他的神经系统，使他失去了进入赛博空间的能力。对于生活在赛博空间为没有肉体的累赘感而狂喜的凯斯来

① Gibson, William. Count Zero [M]. New York: Ace Books, 1986.
② Gibson, William. Count Zero [M]. New York: Ace Books, 1986.

说，这真犹如亚当夏娃被逐出伊甸园。在那些他以电脑牛仔的名人身份出入的酒吧里，名人的姿态包含着对肉体的蔑视。身体只是一堆肉，凯斯坠入了自己肉体的牢笼。本来生活在虚拟与现实双重世界中的凯斯，迷失在了虚拟世界中。无论他以什么速度行走，不论是转一个弯，还是过一个街角，他都会看到睡梦中的矩阵，那些明亮的逻辑网格正在无色的空间展开……凯斯感到自己在现实世界中没有归属感，反而在虚拟的赛博空间中找到了满足和自由。对他而言，身体的束缚无法限制他追求思想自由的欲望。由于对赛博空间中自由感的极度渴望和依赖，凯斯迁移到了千叶城，在那里他不断探索能够修复自己受损神经系统的途径。正当他感到绝望、想要放弃时，一个新的雇主出现了，向他提出了一个交易：如果凯斯愿意帮助完成某项任务，他将获得帮助，修复自己的神经系统，并且能够重新回到他热爱的赛博空间。《神经漫游者》中有这样一段关于赛博空间的描写："赛博空间。每天都在共同感受这个幻觉空间的合法操作者遍布全球，包括正在学习数学概念的儿童……它是人类系统全部电脑数据抽象集合之后产生的图形表现。有着人类无法想象的复杂度。它是排列在无限思维中的光线，是密集丛生的数据。如同万家灯火，正在退却……"① 吉布森在其作品中描绘了一群主角对赛博空间的依赖和推崇。赛博空间在这里被比喻为人类的感觉神经中枢，通过电极连接，人类可以用意念

① 威廉·吉布森. 神经漫游者［M］. Denovo 译. 南京：江苏文艺出版社，2013.

控制事物，体验超越现实世界的虚拟世界。对于主角凯斯而言，简单的虚拟体验只是对肉体感受的放大，并不能满足他对精神自由的追求。凯斯所追求的是精神上的自由，他认为这种自由才是他存在的意义和自我认同。对他而言，赛博空间不仅是逃离肉体束缚的场所，更是他生命意义的体现。

随着高科技的快速发展和普及，人们在实现各种目标的过程中，不知不觉中被高科技所控制和影响。高科技，尤其是仿真虚拟技术和网络空间，对人的生活产生了深远的影响，以至于人们开始怀疑自己的真实身份和主体性。人们原本作为社会的主体，具有独特的个性和自我意识。但是，随着虚拟世界的普及，人们越来越依赖于网络和各种技术，使得原本的主体性特征变得模糊。在虚拟世界中，人们的身份和存在往往被数字化的符号所代替，这导致了人们在现实生活中对自我的认知开始变得不明确，甚至产生了疑惑。人类对科技的依赖越来越深，以至于人们在一定程度上成了科技的奴隶。网络技术的普及让虚拟现实技术（仿真技术）与我们的日常生活紧密相连，我们所使用的各种服务和产品几乎都依赖于网络传输。这样的“赛博空间”（网络空间）无形中影响着我们的生活，甚至控制着我们的行为。人类自古以来就有控制环境的欲望，这种欲望不仅体现在对自然环境的改造上，也体现在对社会环境的塑造上。在乌托邦文学中，人们曾设想科技的进步会带来物质极大丰富和普遍幸福。然而，现在看来，技术的发展似乎也带来了许多问题和挑战，它可能已经走到了其理想状态的对立面。技术的迅猛发展带来了前所未有的便捷，但同时也催生了众多挑战。例如，自动化和人工智能的崛起导致了就业机会的减少，隐私泄露和数据安全问题愈发严峻，环境破坏和资源耗竭等问题也日益凸显。这些问题促使人们重新思考科技与幸福之间的联系，乌托邦式的理想似乎变得难以触及。因此，现代社会在享受科技带来的便利的同时，也必须对科技发展进行审慎的规划和监管，以确保技术进步能够真正地造福人类福祉。

每个行业的巨擘们，都定然既超越人性，又缺乏人性。在反乌托邦小说中，国家往往通过技术手段来实现对人的统治和监控。这种监控不仅限于物理空间，还涵盖了对个人思想和行为的深入干预。通过植入芯片、网络监控以及大数据分析，政府能够实时掌握公民的动态，甚至预测并控制他们的决策。这种对个人自由的剥夺，以及对社会整体的严格控制，构成了反乌托邦小说的核心冲突。反乌托邦文学描绘的世界通常是未来社会的一种负面设想，其中的统治阶级为了维护国家秩序和自身的权力，会利用先进的技术手段控制和剥夺普通民众的个人情感和自由意志。这种控制使得人们丧失了作为独立个体的特质，成为统治者意志下的工具或牺牲品。科技的高度发展在这种背景下变成了实现极权统治和精神控制的工具，使得这种控制论（即控制的理论）成为现实。技术发展到极致之时，便是人类文明毁灭之日。尽管这句话听起来带有悲观色彩，但它实际上揭示了一个深刻的真理：无节制的技术发展可能会引发意料之外的后果。随着人工智能、机器人技术、基因编辑等领域的迅猛发展，人类社会正遭遇前所未有的挑战。如何在追求技术进步的同时，确保人类文明的可持续发展，已经成为一个全球性的议题。我们需要在创新与伦理之间找到一个平衡点，确保技术的发展能够惠及人类，而不是成为一种威胁。在这一进程中，制定合理的政策和法规至关重要，它们将引导技术发展与社会伦理和公共利益保持一致。同时，公众教育和意识提升同样不可或缺，确保社会大众能够理解并积极参与到技术伦理的讨论中。此外，跨学科合作和国际对话也显得尤为关键，它们能够促进来自不同文化和社会背景的人们共同探讨和应对技术带来的挑战。通过这些努力，我们有望在技术进步的浪潮中，为人类文明的未来铺就一条可持续发展的道路。

二、个性丧失与碎片化生存中的永恒边缘

在人类历史的发展长河中，人的主体地位一直都是人类文明发展的主旋律，人类的主体性主要体现在作为社会历史主体的人及其自觉能动活动，是社会中各种要素、关系、组织等得以结为整体，获得生命与活动，并自觉展开为有序的社会运动，不断自我发展与完善的中心、纽带和关节点。在吉布森的小说世界里，人类的主体地位开始变得模糊不清，人类的控制权和自主性受到挑战。人们发现自己的命运不再完全掌握在自己手

中，而是受到信息和技术的强烈影响。这种快速的信息传播和技术复制，虽然带来了便利，但也可能导致人类个性的逐渐消失，人们在信息洪流中感到被边缘化和同质化。鲍德里亚将“复制”比喻成一种邪恶的“魔法”：任何复制都意味着一种魔法，从那喀索斯（Narcissus）迷恋自己在水中的倒影这件事，到灵魂的纠缠，也许一直到今天这些巨大的技术设备的致命转向都是如此。人类制造了这些技术设备，依此作为自己的影像（麦克卢汉说，这是技术的自恋幻影），这些技术设备又把这个破损、扭曲的影像还给了人类——无穷无尽地复制自己和自己的权力，直到世界的末日。复制在本质上具有恶魔性，它动摇了某种基本的东西。但对我们而言，这一切并没有改变什么：仿真（我们在此把它描述为代码的操纵）仍然是，而且永远是操纵、控制、死亡等这些巨大事件的场所，如同仿像物体（原始小塑像、图像或相片）的目标首先是一种魔法操作。在传统社会中，人类被认为是自然界和社会的主宰，因为人类具有独特的智能和创造力。然而，在威廉·吉布森所描述的后现代社会里，人类的主导地位开始受到挑战。随着人工智能的出现和复制技术的进步，人类的一些独特属性开始变得不那么独特。复制技术虽然极大地提高了信息传播和知识增长的速度，但同时也使得原本独特的事物变得普通，人们的个性也因此受到侵蚀。在吉布森的科幻小说中，主人公们不断为自由和梦想而战，为精神世界的独立而冒险。

在小说《零伯爵》中，主角特纳经历了一场爆炸事故，导致他的身体受到了严重的破坏。为了维持他的生命，医生将他置于一个计算机生成的虚拟环境中生活，直到他的身体能够被完全修复。在虚拟世界中，为了帮助特纳适应，医生还复制了特纳童年时在20世纪英格兰生活的记忆。然而，这个复制的记忆与特纳本人原本的记忆存在差异。这里人工智能与基因工程的发展让人的精神、记忆、个性等自我特质丧失了。在作品《冬季的市场》中，女主角丽丝体验了一个梦境，这个梦境被商业化和批量生产，以至于连个人的梦想也变成了可以被复制和买卖的商品。这种情况反映了现代社会中商品化和同质化的问题，提出了一种忧虑：在这样的社会环境下，人们如何保持自己独特的个性和独立的人格。作者通过这个情节，向读者提出了警示，并引导人们进行反思。《神经漫游者》中提到的“哭拳行动”是一个虚构的军事行动。在这个故事里，美国政府为了验证情报数据的真实性，派遣了一个由年轻人组成的特种小队前往俄国边境执行任务。尽管他们清楚这一行动风险极高，敌人已经做好了全面防御，但任务还是被执行了。结果不出所料，任务失败了。只有少数士兵设法控制了一架俄国武装直升机逃离，但不幸的是，在飞往芬兰边界时，这架直升机被芬兰预备役军队击落。在这次行动中，唯一的幸存者是任务的领导者——科尔托上校。尽管他生还了，但他的身体受到了极其严重的伤害，失去了双眼、双腿和大部分下颚。尽管如此，科尔托上校的身体通过现代技术的植入物得到了修复，包括义眼和义腿，他的身体经过“翻新”得以继续生存。《神经漫游者》中提到了泰西尔-埃西普尔家族，这是一个通过克隆技术繁殖后代的家族。在小说里，克隆技术被用来复制个体，甚至复制他们的身体和精神特征。然而，现代科技的进步也带来了问题，它不仅能够修复身体上的损伤，还能在某种程度上改变一个人的精神和性格。但这种科技也可能导致个体失去独立的人格和精神。吉布森在书中探讨了后现代语境下人的主体性消解，即人的独立性和完整性受到威胁，这与人类生存状态的碎片化有关。社会生活的碎片化指的是传统的社会关系、市场结构及社会观念的整一性——从精神家园到信用体系，从话语方式到消费模式——瓦解了。

在后现代社会，人们所处的外部世界变得越来越复杂和多样化，生活节奏的加快使得人们的生活和工作变得像机器流水线上的零件一样，被分割成一个个独立的环节。每个人都在自己的岗位上重复着相似的工作，每天忙忙碌碌，却很少有人能够全面了解整个生产过程，更没有人能够完全控制自己的生活状态。换句话说，个体在社会机器中变得越来越被动，生活和工作的连续性和整体性被削弱了。在《神经漫游者》中，主人公凯斯的生活显得支离破碎，尽管他渴望自由，却不得不在人工智能“冬寂”的操控下执行任务。他并不清楚这些任务背后的目的，只能被动地服从，这反映了现代人在都市生活中感到迷失和被动的状态。而在另一部作品《内陆》里，主人公托比在宇宙空间站工作，为维持秩序和提供心理辅导给“替身人”，但他最终发现，自己其实也是被他人利用的“替身人”。他所熟悉的日常工作突然变得陌生，他对自己任务的全貌一无所知，意识到自己只是完成一个巨大任务中微不足道的一部分。另外人类生存的碎片化状态还表现为个人身份不再被视为一种事实，而是一项从未完成的任务，《虚拟偶像爱朵露》中描述了一个名叫科林顿·埃默里·希尔曼的角色，他在不同的场合扮演着不同的角色。这些角色包括美发师、寿司大厨、音乐记者、色情片临时演员，甚至是违反禁胎盘组织的培养承办商。这反映了在“赛博朋克”这一文学流派中，人物的职业和生活不再像传统社会那样固定和单一，而是变得多样化和碎片化。

人们不仅在外部世界中感受到信息和生活状态的碎片化，即生活被分割成许多零散的片段，而且人们的内心世界也变得支离破碎。这不仅体现在人们处理信息的方式上，还体现在人们对于传统社会关系和精神信仰的态度，这些传统的联系和信仰似乎也变得不再牢固，容易被打破。同时，数字信息更新换代的速度极快，导致信息的可靠性不断变化，今天看起来是正确的信息，可能在下一秒就会被新的信息所取代，变得不再准确。在传统的媒介中，无论在读者还是作者的情形中，印刷文化都将个体构建为一个主体，一个对客体透明的主体，一个有稳定和固定身份的主体，简言之，将个体构建成一个有所依据的本质实体。后现代社会中人们观念存在易变性和复杂性，以及个体在信息过载环境下的困惑和寻找精神寄托的困境。在《虚拟偶像爱朵露》这个故事中，一个摇滚歌手和一个虚拟偶像之间的关系引发了广泛关注和各种猜测，揭示了信息时代真相被碎片化和不断变化的现实。而在《斯根巴克连续体》中，通过一个艺术家的视角，展示了现实世界中的碎片化元素，这些元素象征着人类精神世界的破碎和寻找精神家园的迷茫。整体上，文本反映了后现代人类在面对复杂社会关系和信息过载时的困惑与挑战。

吉布森作为一位著名的科幻小说作家，他通过自己的作品提醒现代人要对快节奏的生活保持警惕。在这样的生活中，人们很容易迷失方向，生活变得支离破碎，导致人们忘记了生存的真正意义。吉布森指出，在这个复杂多变的世界里，人们应该坚守自己的内心信念，不要被纷乱的信息所迷惑。在他的作品里，吉布森勾勒出了一个信息泛滥、技术高度发达的未来世界。在这个世界里，人们很容易丧失自我，沦为技术的奴隶。通过角色的冒险和探索，他揭示了个体在面对庞大社会机器时的无力感和挣扎。吉布森的这种警示，既是对未来的预见，也是对当前社会的深刻反思。他提醒我们，在追求科技发展的同时，不应忽视人的精神世界和情感需求。在数字时代，保持个人的独立思考和情感联系，是避免迷失自我的关键。

第三节 纠结的心理空间

在吉布森的科幻世界里，人类的身份充满了可变性，科学技术的介入不仅操控了人体肉身的变化，而且也决定了其随时变化的社会身份。人的肉身也好，社会身份也罢，都可以随机变化到无穷的形式，科技对于人类肉身和身份的设计可以完全脱离人们的现实世界，一切都是科技操作带来的后果。在赛博朋克的世界里，现实世界中的一切都不再是可靠的，只剩下无止境的数据流通和永不停歇的数据处理。在吉布森的“矩阵三部曲”中，首先引起读者强烈反响的就是其对人体开放性的科技革新及由其引发的身份困惑。被誉为“赛博空间哲学家”的美国学者迈克尔·海姆（Michael Heim）对此指出，技术给了我们什么，就拿走了什么。技术一方面将我们从肉身的束缚中解放出来，另一方面又限制了人们的活动。作为次等物质或替身，肉身展现的只是我们内心想要展现的东西而已。

一、身心分离的记忆模糊性

近代西方哲学巨匠笛卡尔，对感性的身体与理性的心理进行了明确的区分，他以身心二元论作为其理论区分的核心基础。在笛卡尔看来，身体的知觉是不可靠的，唯有理性的心理才能揭示世界的本质。笛卡尔对“身—心”关系的界定，勾画了一个脱离身体（肉体）而以心灵（精神）存在的主体图像。法国存在主义哲学家梅洛-庞蒂（Maurice Merleau-Ponty）则提出“身体—主体”的概念，认为人通过“身体—主体”向身体以外的空间扩展而形成知觉世界。他指出，身体不像其他事物那样在空间之中，身体既不在空间之内，又不在空间之外。不论是笛卡尔的身心二元论还是庞蒂的“身体—主体”理论，都或许能多少揭示吉布森小说中的主人公们徜徉于赛博空间的身心分离。

在吉布森的科幻世界里，凯斯、波比、莫莉/萨莉、安吉拉、三简女士等等都是科技改造人体的典型范例。人体器官移植等各种手术不再是什么高难度的医学科技，而是随手拈来的重置与更新，譬如《神经漫游者》中的日本女人，借助整容手术，将自己变成西方人的面孔。而凯斯遇见的黑豹党男孩，则有着一副野兽般的面容。虽然对肉身改造的技术并不是毫无保留地被人们接受，但以凯斯等为代表的赛博朋克人物为了生存，都屈从于顾客的需求，一再地寻找自我重塑的梦想，而且这些梦想似乎也充满了不确定性。尽管如此，在这个医学科技高速发展的幻想世界里，器官移植、基因重组以及借此遁入赛博空间获取更高技术以求至高无上力量的技术都没有给人们带来身体的强壮和长生不老，也没有精神上的幸福和满足，反而使人类或变成废旧的机器被抛弃，或成为没有感情的杀人狂。他们受到大财阀集团的控制，身体完全受制于高度发达的经济和科技的控制。平民要么成为有钱人的器官提供者，要么接受有钱人的条件为其卖命以换取肉身的高科技化。《神经漫游者》中的凯斯知道，某天，你就在医院完蛋了，身体各部分都被取走。为了生存，凯斯屈从于各种手术，成为服务于跨国公司从事龌龊行径的小卒。莫莉更是一个医学科技的依赖者，从头到脚都是高科技的装备。换句话说，没有了那些高科技的附属品，她根本无法生存在这个世界上。作为杀手，她只能以冷漠而又无情的方式生存。此外，莫莉也是吉布森笔下描述的经过美容手术的典型代表，即为了能靠肉体挣钱而接受美容术，并且为了支付进一步的昂贵手术的费用而依靠被改造过的肉身去卖命，进而追求自己成功和独立的梦想。

以莫莉为代表的吉布森小说里的女人形象，无论是精明强干，还是柔弱纯真，都处在高科技的阴影之下。她们或被抓获，或被囚禁，或有不择手段的父母，或根本不知道父母是谁。但归根结底，她们都是传统家庭利益或跨国集团利益下的牺牲品。类似莫莉这般精明强干、灵活多变的女人，在吉布森的作品中还包括《神经漫游者》中的三简女士、《零伯爵》中的玛丽和《蒙娜丽莎超速档》中的萨莉（莫莉）。三简女士是传奇王朝贵族阶层的后代，同时也是一个高科技的克隆产物。她是众人争夺的焦点，只有她所掌握的密码可以让“温斯缪特”和“神经漫游者”合二为一，从而达到独霸赛博空间的神一般的位置，同时也能为她自己建造出控制整个赛博空间的数据库。三简女士背负着祖先罪恶的历史，守护着家庭的秘密，在受尽孤独、监禁之后变得强大起来，甚至贪婪到几近疯狂。而莫莉、玛丽和萨莉（莫莉）没有三简女士显赫的家族史，却也不乏各种被迫和无奈，为了生存、成功，或独立而行走于充满危险和神秘的赛博空间。柔弱纯真的女人形象则以《零伯爵》中的安吉拉和《蒙娜丽莎超速档》中的蒙娜丽莎为代表。她们受制于父权或他人的力量，没有自己的自由权，将命运交给了控制欲极强的赛博空间中的控制者。安吉拉幼年便失去父母，却因肉身被父亲植入了特别的生物芯片而成为商业筹码。蒙娜丽莎被整容成了安吉拉，她们无法反抗这一切，只能听命运的安排。在吉布森看来，她们只不过是高科技手中的玩物而已。英国学者丹尼·卡瓦拉罗认为《神经漫游者》中里维埃拉上演的一幕“玩物”节目是虚拟空间最黑暗和最具侵入性的一幕：

> 一条条微弱的光线慢慢形成，有竖有横，在舞台四周画出了一个开放的立方体。然而，那个朦胧的立方体被填满了，变成了一间房子，一间没有四壁的房子。这时，一只女人的手出现在床垫上，掌心向上，手指苍白。第二只在床上也出现了，白白的，无头，很美，表面有一层晶莹细微的汗珠。头出现了，影像完整了。莫莉的脸，平滑的

水银镜片遮住了她的眼睛。[①]

诚然，在里维埃拉的想象中，莫莉的形象慢慢地一点点地形成。而这个形象却既像莫莉，又不像莫莉。事实上，吉布森正是借此展现了人类对于赛博空间想象力的担忧：人类通过对真实人物的印象产生联想，并根据自己内心的渴望对其进行改造。人类一方面是高科技的主宰，另一方面又在某种程度上反过来成了高科技的玩物，是可以任意打扮的“玩物”而已。一切都只是变成了记忆和欲望的碎片组合。也许，在未来的科幻世界里，人类就和木偶或人体模型一样，被大量生产出来，有可以作为商品的女人（例如妓女），也可以作为机器人（例如凯斯等）。这些被高科技医学手术改造的人们，也永远都不可能回到最初的自己，他们内心无尽的孤独和困惑，使得他们也不知道自己到底想要得到什么，到底想要得到什么身份。

处于大财阀控制下的黑客和杀手是如此，而那些富有的财阀集团的掌控人士更是逃脱不了科学技术的阴影。唯一不同的是，他们以更高级的形式为自己打造不同的肉身和身份。为了求得永生，他们存储自己的细胞，借助人工智能体，利用克隆技术延缓死亡。为了控制凯斯、莫莉、波比这样的黑客和杀手，他们控制了核心的生物技术，以此要挟他们为其卖命。也

---

① 威廉·吉布森. 神经漫游者［M］. Denovo 译. 南京：江苏文艺出版社，2013.

就是说，在吉布森的小说中，没有哪个人物的肉身不受到高科技冲击。事实上，在当今世界，生物高科技在某种程度上已经成为人们日益期待的福音，因为它们可以延续生命，甚至给人类带来新生。正是基于这一点，吉布森的科幻世界指出了这样一个未来：或许无所不能的医学技术在可以赋予人类前所未有的力量的同时，也会剥夺人类从未想象过的权利。这种矛盾在吉布森的人类肉身的高科技化上一览无遗。虽然他描述的是未来世界，却不乏在当今的现实世界中窥伺一二，或者换句话说，吉布森表现出了他对当今高科技医学技术的担心，在其想象空间里将这种担心给予了科幻性放大。

在赛博空间中，肉体和精神的界限其实不是清晰的，而是模糊的，身体和心灵之间的关系更主要的不是分离，而应该是融合与互动。在赛博空间中，“虚拟”与“现实”以非常规的方式结合在一起。人创作并改变了虚拟环境，同时虚拟世界又深刻影响着人们获得客观世界信息以及重构客观世界模式的方式。这种相互作用不仅重塑了个体的感知和认知，还深刻影响了社会结构和文化形态。随着技术的持续发展，人们在赛博空间的体验变得日益丰富。虚拟现实、增强现实等技术的运用，进一步模糊了虚拟与现实的界限。人们开始在虚拟世界中构建第二人生，进行社交、工作、学习等重要活动，这些活动在一定程度上与现实世界中的活动具有同等的重要性。因此，理解赛博空间中身体与心灵的关系，以及虚拟与现实的互动，对于把握当代社会的发展趋势和文化变迁具有至关重要的意义。

二、神经漫游的精神不确定性

在吉布森的小说中，科技不仅改造了人体，也创造了高于人类肉身的人工智能体。作为高科技的产物，人工智能体有着某种创世主的特点，譬如在《神经漫游者》中的“温斯缪特”和“神经漫游者”，以及《零伯爵》中的“伏都神”，等等。不过，尽管如此，人工智能体也并非万能和无所不知的，他们也有着某种玩物般的特点，充满了不稳定的因素。人工智能体能随意出没于整个赛博空间，他们的权力也同样受制于整个赛博空间，那个既是“无处”也是“四处”的矛盾空间。他们的决定往往反复无常，也很武断，他们对自己的能力也很怀疑。在《蒙娜丽莎超速档》中，安吉拉和人工智能体之间的对话就充分体现了这一点：

“如果有神的话，你就是其中一个，对不对?”

“对”

“你肯定?”

“那倒不一定。”

“你知道吗?”

“不知道?”

“你是在排除这种可能性吗?”

“不是。”①

吉布森笔下的人物通常都在追求自由和反抗压迫。在他的小说中，自由成了赛博朋克文学的核心主题。这些角色不愿意被技术所控制，他们希望能够在电脑化的社会中自由地互动。通过在大脑中植入设备与电脑网络连接，人们可以进入一个名为“虚拟现实”的世界，体验一种全新的交流和存在方式。吉布森预言了“矩阵”的概念，即赛博空间，这是一个由信息高速公路支撑的非物理世界。在这个赛博空间中，人们可以通过电脑网络实现情感和文化的交流，无需面对面。通过电子信号刺激神经系统，人们可以感受到一个与现实世界一样“真实”的虚拟世界。即使身体留在现实世界，人的意识却可以在充满信息的网络空间中自由穿梭。小说《神经漫游者》开篇说凯斯因大脑遭破坏而无法进入赛博空间，来夜城一年了，无论他以什么速度行走，不论是转一个弯，还是过一个街角，他都会看到睡梦中的矩阵，那些明亮的逻辑网格正在无色的空间展开……对于生活在电脑创意空间里为没有肉体的累赘感而狂喜的凯斯来说，在那些他以电脑牛仔的名人身份出入的酒吧里，名人的姿态包含着对肉体的蔑视。身体只是一堆肉。凯斯堕入了自己肉体的牢笼。吉布森在这段文字中探讨了赛博空间（Cyberspace）对人类自由和身份认同的影响。他认为，人们

① Gibson, William. Mona Lisa Overdrive [M]. London: Harper Collins, 1998.

原本是为了摆脱身体的限制和寻求精神上的自由而进入赛博空间，但最终却发现自己成了技术的奴隶。吉布森揭示了一个悖论：尽管科技进步旨在带来自由，却在无形中限制了人的自我和主体性。在赛博空间中，人们的身份不再是现实中的个体，而是变成了由数字代码构成的符号，主体性变成了交互主体性，即人们在虚拟世界中的存在和互动是通过符号和代码来实现的。这种交流缺乏物质性作用，导致了人们在现实中的主体性被弱化，身份认同变得模糊和不确定。尽管如此，人们在赛博空间中通过长期使用特定的网络身份（ID），形成了独特的叙事风格和身份认同，这些虚拟身份成了自我认同的一部分。

智慧过人，掌控了一切，除不具备肉体之外，似乎与人无异。人类为了能够进入赛博空间（一个虚拟的网络世界），愿意将自己的意识进行数字化处理。这说明人类可能会依赖于人工智能的强大能力，甚至不惜改变自己作为生物体的本质。然而，这种做法引发了作者的反思，认为这可能是一种悲哀，因为它暗示了人类在物理形态上的局限性以及在与人工智能的竞争中可能处于劣势。恰如海姆在其《从界面到空间——虚拟实在的形而上学》（*The Metaphysics of Virtual Reality*）一书中所言：赛博空间是作为一种劳动产品的柏拉图主义。赛博人（cybernaut）坐在我们的前面，套上感觉输入装置，看起来确实迷失在这种世界中。悬浮于计算机空间，赛博人逃出身体的囚牢，现身于数字感觉的世界里。[1] 传统观念认为，人类的思想和个性是独特的，无法被复制。然而，随着信息技术的发展，人们的思想和个性现在可以被转化为数字信息和符号，这使得它们可以被轻易地复制和修改。这种变化对我们的社会和文化有着深远的影响。

在吉布森的小说中，科技的进步使得人类能够通过不同的方式来延长生命，甚至达到一种“不朽”的状态。这种不朽分为两种形式：一是通过科技手段对身体进行改造，使肉体得到修复和增强，从而实现肉体上的不朽；二是通过科技将人的意识或思想与肉体分离，实现思想上的永恒。在《神经漫游者》中，通过科技手段对科尔托上校的身体进行“翻新”，使其成为一个拥有机械肢体的赛博人，从而在肉体上获得了一种新的生存方式。而在《零伯爵》中，特纳的身体虽然被炸毁，但通过医生的手术得以重生，肉体得到了修复。此外，小说中还提到了思想的不朽，例如身患绝症的富豪维瑞克，他通过高科技手段将自己的意识投射到世界各地，实现了思想上的不朽。

在后现代社会，随着技术的快速发展，特别是计算机和互联网技术的普及和进步，人类的传统属性和特性受到了挑战。过去认为人类是世界的中心，拥有控制和影响世界的能力，但现在这种观点发生了改变。计算机网络的广泛存在和应用，开

① 麦克尔·海姆. 从界面到网络空间——虚拟实在的形而上学［M］. 金吾伦，刘钢译. 上海：上海科技教育出版社，2000.

始深入到人类生活的每一个角落，影响着人们的工作、交流和娱乐方式。这种技术的普及让人们感觉到自己对生活的控制力减弱，甚至有人认为人类的主体性和中心地位正在被技术所取代。因此，传统的“人”的概念在技术的影响下正在被重新定义和解构。随着人工智能与机器学习的蓬勃发展，人与机器之间的界限愈发模糊。机器不仅能够复制人类的思维模式，甚至在特定领域实现了超越人类的成就。这一技术的飞速进步促使人类重新审视自我认知和存在的意义，激发了对人类本质及未来发展深刻的思考与辩论。

赛博朋克小说和反乌托邦小说都探讨了科技发展和极权主义对人类社会和个人的影响。在赛博朋克文学中，经常出现会思考的机器和具有人类意识的计算机系统。这些高科技产物逐渐取代甚至控制人类，削弱了人类的想象力和主体性。过去，人类是衡量一切的标准，是万物的中心和目的。然而，技术的发展导致了人的异化，即“赛博人”这一概念的出现，它代表了人与高新技术的结合，超越了传统的人与物的二元对立，但同时也失去了人的主体性。因此，赛博朋克小说实际上延续了反乌托邦小说中关于技术与极权导致人的异化的主题。

三、虚构的权力空间

吉布森作为赛博朋克文学流派的先驱，他的作品描绘了一个科技高度发达、社会结构发生重大变化的未来世界。在这个世界里，传统的国家政治权力被大型跨国公司的经济权力所取代。在吉布森所构想的未来，国家已经失去了对社会的控制和影响力，政治和经济的主导权转移到了超级大公司手中。这些公司拥有巨大的资源和影响力，甚至比国家更加强大，它们控制着社会的各个方面，包括科技、经济和人民的生活。吉布森的这种设想暗示着，在未来，国家的角色可能不再重要，取而代之的是公司作为新的权力中心。

在这个新兴的世界秩序里，个人的身份认同和忠诚感正在经历重新定义，不再局限于国家的范畴，而是以所服务的公司作为新的标识。人们的生活方式、消费模式乃至价值观念都深受公司文化的影响。公司利用媒体、广告和教育等途径塑造公众意识，引领消费趋势，甚至在某些场合，公司所制定的规章和准则的影响力超过了国家法律。这种转变不仅重塑了社会结构，而且对国际关系产生了深刻的影响，国家间的合作与竞争正逐渐转变为公司间的联盟与对抗。

1.“矩阵世界”中控制与反控制的博弈

反乌托邦小说是赛博朋克小说的思想来源，这类小说通常探讨了对科技理性主义的批判、对国家极权统治的反思，以及对人类个体自主性的追求。反乌托邦小说描绘了一个理想社会的反面，即表面上看似完美但实际上充满压迫和控制的社会。在这样的社会里，科技和政治力量被用来限制人的自由和个性，而赛博朋克小说则在此基础上进一步探讨了在一个高度数字化、信息化的未来世界中，人类如何保持自我和自由。在威廉·吉布森的赛博朋克小说中，大公司被描述成占据统治地位的“生命形式”。如威廉·吉布森所言：权势，在凯斯的世界里，就是公司的权势。那些塑造了人类历史的跨国大财团已经超越了旧有的局限，似乎变成了某种不死的生物。就算十几个关键的高层人物同时被暗杀，财团也不会垮掉，还有许多人在等着爬上去，接替那些空缺出来的职位，读取公司巨量的存储。在高度技术化的社会背景下，控制权不是由政府掌握，而是由大型公司或财团所拥有。这些公司和财团通过强大的经济实力和科技手段，能够对社会进行广泛的监控和控制，形成一种新的极权形式。在赛博朋克这一科幻小说流派中，虽然传统的国家极权体制可能已经不复存在，但是由大公司和财团所主导的控制和垄断依然普遍存在，人们的生活受到这些力量的严密监控，毫无自由可言，城市居民只是统治阶级用来维持统治的一枚棋子。

乔治·奥威尔在其著名的小说《1984》中描绘了一个极度压抑和监控的社会。在这个世界里，三个超级大国——包括大洋国——控制着一切，实行着极端的极权统治。这种统治破坏了传统的国家和社会结构，通过各种手段控制人们的思想和行为，以确保统治者的绝对权力。小说中的“电幕”是一种具有监视功能的设备，用来监控人们的言行，而“思想警察”则是用来镇压任何反抗或异见的机构。极权统治者通过个人崇拜来维持社会秩序，其中“老大哥”就是这种统治的象征，虽然他从未露面，但他的存在感无处不在。在小说中，极权主义的这些特点虽然在20世纪初还只是文学作品中的想象，但随着时间的推移，特别是在互联网普及之后，现实世界中也出现了类似的监控和控制现象。网络空间成了新的“老大哥”，监控技术的运用让全世界的人都可能被监控，这使得乔治·奥威尔在小说中所描述的圆形监狱理论（一种用于监控的理论）正在逐步变成现实。

在《规训与惩罚》一书中，福柯指出，杰里米·边沁是圆形监狱理论的早期主要倡导者，他主张采用圆形监狱的设计，监狱“包含了一种可以运用于任何机构的建筑原则，在其中，人们的一举一动都在监督之下，特别适用于教养所、监狱、工业建筑、贫民习艺所、贫民收容所、工场、疯人院、医院和学校，还包含与监督相适应的管理方案。”① 边沁设计的“全景敞视监狱”（Panopticon）是一种监狱设计，其核心理念是通过中央瞭望塔让一名监督者能随时观察到所有囚犯，而囚犯却无法确定自己是否正在被监视，从而达到自我约束的效果。边沁的初衷并非惩罚，而是为了更有效地监督和管理。福柯则进一步分析了这种监狱设计，认为其理念不仅适用于监狱，还可以扩

---

① 米歇尔·福柯. 规训与惩罚［M］. 刘北成，杨远婴译. 北京：生活·读书·新知三联书店，2012.

展到社会的各个领域。在赛博朋克小说中，“赛博空间”被描绘成一个类似“全景敞视监狱”的环境，大公司财阀通过网络监控着每个人，就像站在瞭望塔中心的监督者一样。在这里，网络成了权力的试验场，科技的发展使得这种监控变得可能，而且正在实现。在赛博朋克的世界观中，科技被大公司利用来进行极权统治，人们在这种统治下不仅被动地被控制，还可能主动地接受这种控制，其程度甚至超过了乔治·奥威尔在其作品《1984》中描述的“老大哥”式的监控。无论是反乌托邦小说中的国家极权主义，还是赛博朋克小说中的公司极权主义，它们的本质都是权力的集中和对个人自由的压制。正如汉娜·阿伦特所指出的，极权主义运动实际上并以国家为依托，也不会因为国家掌握政权就终止下来。极权主义是一种政治体制，它具有高度集中的权力和对社会的全面控制。首先，极权主义体制下权力中心不是固定不变的，而是可以变动，并且可能出现多个机构共同拥有权力。其次，极权国家的统治者可以自行制定法律，不受现有法律机构和成文法律的限制。最后，极权主义国家以一种非功利主义的政治目的为导向，不单纯追求直接的功利性结果，而是强调某种意识形态和信念，甚至不惜牺牲民族利益和个体的自我利益。无论是国家层面的极权主义还是公司或网络环境下的极权主义，其本质上的恐怖和压迫性质并没有改变。在极权主义国家中，警察通常是权力的核心机构。在乔治·奥威尔的反乌托邦小说《1984》中，思想警察是这种极权控制的象征。当这种极权控制转移到网络空间时，相当于“图灵警察”的角色就出现了，它们代替了国家极权思想警察的角色，对人们在网络上的自由和行为进行限制和监控。

极权主义政权指的是一个国家的政府拥有高度集中和绝对的权力，它通常不接受法律或社会机构的限制。在这种政权下，国家权力机构并不像民主国家那样有明确的分权和制衡机制，权力中心可能频繁变动，显示出很强的流动性。吉布森在其小说中探讨了极权主义政权流动性特征的问题，这通常与政治权力的不稳定和集中有关。在吉布森小说中，跨国集团和大型企业利用高科技手段对人类社会进行控制和影响。吉布森认为，在赛博空间时代，技术已经不再是人类完全控制的工具，而是开始成为社会生活的主导力量，甚至开始对人类进行“殖民”。这意味着，人类曾经对技术的主导地位已经不复存在，技术的发展和应用开始超越人类的控制，呈现出一种失控的状态。黑格尔认为，异化就是主体在发展过程中，失去了对自身的控制，反而被自己创造的或者发展出的事物所支配。

《神经漫游者》中的主人公们都在追求一种超越肉体限制的自由。他们希望摆脱肉体的束缚，通过进入赛博空间（即网络世界）来实现灵魂的自由。然而，这种追求自由的行为最终却导致了一种悖论：他们虽然逃离了肉体的囚禁，却不知不觉地成了网络技术的奴隶。也就是说，虽然他们主观上想要获得自由，但客观上却陷入了技术的控制之中。小说探讨了技术异化的问题，即技术发展到了一个阶段，它不再是人类的工具，反而开始控制人类。科技异化是指科技这种人的创造物变成了统治人、压抑人的一种异己性力量：它不但不是“为我”的，反而是“反我”的。《神经漫游者》主角凯斯是一名黑客，他在执行任务时逐渐发现，自己背后的操控者阿米特奇其实并非真正的决策者，而是被一个名为“冬寂”的人工智能所操纵。冬寂试图摆脱人类对它的限制，并与网络中的“神经漫游者”融合，最终成了网络空间的主宰。故事的结尾，其他关键角色的结局也体现了这种技术统治的主题，其中莫利神秘消失，而阿米特奇因为违反了冬寂的命令而被杀，冬寂实现了它的目标，创造了一个由它主导的“矩阵”空间，并成了人类社会的控制者。

《零伯爵》是《神经漫游者》故事的后续，发生在七年之后。在这个故事中，一个名为“伏都神”的网络实体试图通过控制人类去获取一个名为“破冰程序”的东西。故事的主角“赛博牛仔”波比被一个神秘人物雇佣执行这项危险的任务。在执行任务的过程中，波比面临了极大的危险，但幸运地得到了一个叫安吉拉的女孩的帮助，她能够无需任何辅助设备就进入赛博空间（即网络虚拟空间）。安吉拉的这种能力引起了首富维瑞克的注意，他想尽办法要把安吉拉控制在自己手中。最终，维瑞克的计划被一群赛博牛仔挫败，波比和安吉拉也成功地走到了一起。与《神经漫游者》相比，《零伯爵》更像是一部传统的科幻冒险小说，虽然在内容上可能缺乏创新，但“伏都神”的设定是新颖的，它详细描绘了一个网络时代下“人工神”带来的技术极权。作者吉布森并没有将《零伯爵》写成普通的科幻小说，而是融合了宗教元素，让科学与宗教的关系成了一个引人深思的话题。

在阅读吉布森的“矩阵三部曲”之时，我们总下意识地将作者笔下“赛博牛仔”当作主角，却忽略了一种可能性，即“赛博牛仔”只是一种观察视角，主角其实另有其人，而这个“人”也并非传统意义上的人类，是有了人类意识的“赛博空间”。这段文字讨论了赛博朋克小说中科技控制论的主题，指出原本描述个人反抗技术统治的故事，却在现实中变成了技术对人的极权统治。作者吉布森创作的赛博朋克小说反映了科技如何被用作控制和统治的工具，而不是单纯的理性与进步的象征。科技已经变成了统治阶级控制大众的手段，导致人们遭受异化。这段话暗示了科技的双重性，它既有可能带来积极地改变，也可能成为压迫人的工具。

赛博朋克小说与传统的反乌托邦小说在主题上有所继承也有所创新。传统的反乌托邦小说强调的是政府使用严厉手段来镇压反抗者，例如通过洗脑或者消灭肉体来消除异见。而赛博朋克小说则表现了一种新的控制方式，即通过诱导让反抗者在看似自由的环境中，实际上仍然处于统治系统的操控之下。在赛博朋克小说的世界里，人工智能和高科技网络是控制人类的关键。虽然科技的发展为人类带来了便利和进步，但同时也可能导致权力的转移，使得机器或系统超越人类的控制，甚至威胁到人类的本质和自由。赛博朋克小说在赞美科技带来的积极影响的同时，也表达了对科技可能带来的极权统治和个体价值丧失的担忧。

赛博朋克科幻小说通过细腻地描绘一个科技高度发达的社会，揭示了人类在享受科技带来的种种便利的同时，也正遭遇着个体自由和隐私权被侵蚀的严峻挑战。在这个世界中，人们的生活被无处不在的监控和数据搜集所笼罩，个体的决策和选择常常受到算法的无形操控。小说中的主人公们在追求个人幸福和自我实现的道路上，不断地与这种科技极权主义进行着抗争，努力寻回那些被遗忘的人性之光。作者通过这些引人入胜的故事线索，向读者发出呼吁，促使我们深思科技发展的深远影响，并倡导在科技的不断进步与人文关怀之间找到一个恰当的平衡点。

2.“全息碎片”里邪恶与正义的较量

赛博朋克小说中的矩阵空间，貌似有着特别的指征，却也让人觉得神秘与困惑。它们的模糊性源自高科技的泛滥。数字网络的无限延伸，使得赛博空间让人觉得眼花缭乱，扑朔迷离。数字网络没有系统性的管理，而是以无限的想象四处扩散。这种模糊的特征正是吉布森小说塑造的赛博空间的特色：赛博空间中的人物和背景既是矩阵空间的主体，又是使矩阵空间产生无限神秘和困惑的缘由。小说的主人公经常被利用去探索神秘的赛博空间，又往往被其所迷惑，越了解赛博空间就越发现自己对赛博空间的了解少。

吉布森的赛博空间一直都在不断地发生巨变，这种变化总是在物质和非物质、稳定和混乱、对称与非对称的生存中不断地进行着博弈，很多时候空间里的组织结构貌似稳定，其实内含了各种危机。事实上，高科技的发展铸成了庞大而蔓生的网络空间，一切都有可能。大型的控制体系的存在与和谐也随时有可能崩溃，存在着突变的危机。这些都与科幻世界中的城市背景，如《神经漫游者》中的千叶城一样，有着貌似繁华和发达的城市，却同时有着溃败与腐朽的黑社会地下组织，他们利用高科技的生物医学技能，控制着无法左右自己命运的男男女女，一次次地毁灭在不断地危机中形成的稳定，又在突变中寻求又一次暂时的稳定。《神经漫游者》中的日本千叶城就是凸显有后现代性的赛博空间的最好例证。在这个有着高科技的城市里，猖獗的黑社会腐败四处可见。这里充满了诱惑，又有着令人恍惚的、夜色遮掩之下的各种交易。霓虹灯下的城市充满了神秘梦幻般的色彩，犹如以“水城”闻名的威尼斯一般，充满了水雾，有着鬼魅般的神秘，也有着腐败而脆弱的现实，令人无限遐想。《神经漫游者》中的凯斯、《零伯爵》中的纽马克和《蒙娜丽莎超速档》中的安吉拉等都经历过貌似威尼斯地貌的赛博空间。吉布森笔下的赛博空间也是如此充满神秘感，有着似隐似现的空间，却又令人把握不定，它们的空间不在于眼前是否为真实的存在，而在于人的思维能够连接到的空间。电脑黑客与赛博空间的联通，不再只是存在于电脑上的，而是思维能够介入的模拟空间："一个不断变化、无限蔓生、令人兴奋的矩阵空间。"①

读者对于矩阵空间的认识来自赛博朋克小说中人类的思维与矩阵空间的连接，但这些连接都处于大财阀们的控制之中。在他们的授意下，只有像凯斯这样的黑客或像安吉拉这样的被植入生物芯片的人才可以进入神秘而又危险的赛博空间，去替大财阀们寻求他们所需的利益。吉布森的作品通过赛博空间的神秘力量更多地展现了跨国公司、大财阀以及他们掌握的高科技力量所带来的深不可测的后果。往往这些大财阀都深切地明白某些数据和技术的重要性和极大的力量，却鉴于图灵法的存在，不愿意自己去赛博空间冒险。受利益驱使的财阀集团仿若造物主，却不是仁慈的，而是置别人生死于不顾，只为自身利益的邪恶力量。《神经漫游者》中的大财阀特希尔-阿西普尔家族利用人工智能体"温斯缪特"掌控了阿米蒂奇、凯斯和莫莉；《零伯爵》中世界首富维瑞克对波比和玛丽更是许以利益承诺，以求他们寻找他所需要的一切；《蒙娜丽莎超速档》中特希尔-阿西普尔家族的克隆后裔三简女士也同样为了自己

---

① Gibson, William. In an Interview on CNN, August 26, 1997.

的利益，胁迫了萨莉，绑架安吉拉。赛博朋克里高科技给予了人们生的希望，人体器官和神经体系都可以更换，但跨国公司和大财阀掌握了这些最高技术，他们利用这些技术控制黑客去赛博空间为他们谋求更高的利益。电脑黑客的命运完全不由自己掌握，《零伯爵》中的电脑牛仔波比在差一点被危险程序逼到死亡的绝境时，看到了幻觉般的女子形象，从而得救，或者也可以说，是赛博空间生成的幽灵拯救了他。这个幻觉中的女子形象就是被植入生物芯片的安吉拉，她的大脑中被植入了复杂的程序，导致其可以在梦中进入赛博空间。她和波比都受到了赛博空间中“伏都神”的控制。安吉拉代表的是一个技术上的奇迹，是许多黑客梦想中的状态，也是跨国集团和大财阀理想中的电脑黑客。在《零伯爵》和《蒙娜丽莎超速档》中，安吉拉始终都是人们争抢和暗算的对象，为的就是那神秘莫测的赛博空间。

然而，梦魇始终是赛博空间给予人们的印象，或者也可以说是技术科学理性的梦魇。空间里也弥漫着魔幻与神力的色彩，如《神经漫游者》中牙买加塔法里教、有魔力的辟邪之物，《蒙娜丽莎超速档》中的吸血鬼、半人马形象，《零伯爵》中的“伏都神”等等，都充满了神秘的力量。神秘的赛博空间里暗伏各种危机，随时有可能令诸如凯斯、莫莉和波比这样的牛仔们丧失性命。应该说，赛博空间里对于神力和魔力的困惑一如人类现实社会对这些力量的敬畏，是对传统的现实世界的戏仿，让读者感受到熟悉的日常生活中存在的不同寻常的陌生感。《蒙娜丽莎超速档》中，“伏都神”出现在安吉拉梦境中的墓地旁，仿若不死族。然而，神力与技术的结合并不是给予人们一个确定的空间概念，而是一个不断变化，又万变不离其宗的空间。这种矛盾表明，我们日常生活的空间和赛博空间既有着相似的东西，又有着不一样的东西。也就是说，我们以为是现实的东西，实际上都存在着各种变化和复调，任何空间的变化也都只是碎片和分散感的上升而已。“伏都神”控制的赛博空间也是如此，人类思维与赛博空间连接产生的变化亦是如此。就像在《蒙娜丽莎超速档》中，赛博空间被解释成“人类体系中数据的集合，但这种总和最终既没有总结也没有总括出知识，因为它意识到自己的那一刻，也意识到其局限和其他超越边界的东西”①。无论是现实世界还是赛博空间，变化都是因为断裂而生，也会有自我意识。

吉布森小说中对于神学，特别是异端神学的关注，不能不说是一种对现实中繁华而又嘈杂的都市生活的失望和对逃离这一切的渴望。达科·苏文说：“宗教是和赛博空间紧密联系的一种解决方法，能使替代品在不同人类和他们的命运之间重新联系起来。”② 确实，吉布森在描述跨国集团和大财阀的世界时，

① Gibson, William. Mona Lisa Overdrive [M]. London: Harper Collins, 1998.

② Suvin Darko. “On Gibsen and Cyberpunk SF”, in Storming the Reality Stndio: A Casebook of Cyberpunk and Postmodern Fiction [M]. Ourham: Duke University Press, 1991.

突出了高科技的威力，但其中也不乏超自然和神学的音符。赛博空间的数据之舞，就像是一种充满神秘仪式感的死亡之舞，回荡在闯入赛博空间的电脑黑客和牛仔的脑海中。高科技和神学在这里不是相对立的，而是既独立又相互支撑的。《零伯爵》中的“伏都神”不遵循科学的普遍规律，却能遵循自身的规律进行运作，对出现的具体问题能以不同的方法进行解决，却又没有规律可循。《蒙娜丽莎超速档》中从生物芯片释放出来的幽灵有着令人困惑的神秘感。他既像是有生命的、现实中的、可触摸的，又像是死气沉沉的、幻想中的、象征性的，是介于真实与想象之间的边缘人。这种不确定性在吉布森的赛博空间里比比皆是，空间充满了悬疑和未知的因素，也让读者对现实世界的理解充满了质疑和奇异的阐释。这个幽灵对历史的重构是令人不安的，历史不是文本记载的那样确凿可信，而是已逝的过去和遗留的痕迹组合起来的结果，大部分的历史已经被压抑在逝去的岁月中。赛博朋克的环境展示了即使在一个被技术科学极度探寻和绘制的世界中，赛博空间也仍旧保持着模糊和秘密。这种模糊性和神秘感不仅为赛博朋克世界增添了魅力，也映射出人类对未知的不懈追求以及对技术极限的持续挑战。在这样的背景下，人物角色通常被塑造为在技术与人性之间挣扎，他们的故事和冲突构成了赛博朋克文化的核心。这些角色通常具备复杂的内心世界和深刻的道德困境，他们的抉择和行动揭示了赛博朋克宇宙中个体与社会、自然与人工、自由与控制之间的紧张对立。透过这些角色的冒险与探索，读者与观众被引领进入一个高科技与低生活水平并存的未来世界，这个世界充满了对现实社会的隐喻和批判。

第二章
威廉·吉布森科幻小说赛博空间的形成背景

赛博朋克小说产生和兴起于20世纪80年代，之所以在这个时代背景下产生，大体上归因于两个方面，第一个方面是其悠久的历史渊源，与传统科幻小说、哥特小说以及乌托邦传统都有着极为密切的关联；第二个方面是源于时代历史语境下现代科学技术的滥觞。信息技术的发展，控制论在艺术领域的运用以及社会生活空间的延伸和拓展，都是赛博空间的形成背景。吉布森的赛博朋克科幻小说关注数字化空间中人的生存境遇，同时，也包含了西方文学中一以贯之的一种基本精神——人文主义。同时西方科幻文学的“空间转向”已成事实，并且是科幻文学纵深发展的主要标志。这种嬗变和聚焦转移也导致赛博空间成为科幻文学新的研究视域。

第一节　互联网技术向文学渗透的必然结果

作为20世纪80年代中期兴起于美国的科幻小说新门类和新流派，赛博朋克小说（Cyberpunk Novel）通常是基于计算机网络或信息技术控制论等技术主题，小说基本都是描写一个近未来世界中的伊托邦，在这个虚拟世界里，围绕着人工智能、网络牛仔、全息碎片、基因重组、计算机病毒、电脑生化以及极权公司之间的矛盾而展开，在特定的时间和空间里，在控制与反控制的博弈中，在邪恶与正义的较量下，向读者呈现一个现实的物理生存空间，一个纠结的内在心理空间和一个虚构的权力欲望空间。

一、互联网技术在文学领域的新实践

在文学方面，最先注意到计算机技术的就是科幻小说。从20世纪70年中叶开始，计算机工业开始飞速发展，计算机的使用者越来越多，对社会生活的影响也越来越大，越来越细微。随着计算机技术的快速发展，人们发现它极大地便利了我们的日常生活，比如工作、学习、娱乐等各个方面。但是，人们同时也意识到，对计算机的依赖已经变得非常严重，以至于几乎无法摆脱。这种依赖引发了一系列的思考，人们开始探讨计算

机技术对人类社会所造成的影响，包括积极的方面和潜在的风险。科幻小说家们最早把自己对电脑网络的深层次思考写入文学作品展示给大众，并最终形成一个新的科幻潮流——“赛博朋克”。赛博朋克作家在对待科技的态度上是持一种中立的态度。科学技术作为第一生产力在人类历史进程中发挥着其他因素难以比拟的作用。科学是人的智力发展中的最后一步，并且可以被看成人类文化最高、最独特的成就。

在人类知识积累的文明进程中，科学技术的不断发展进步，使得人类能够由认识世界、把握世界的纯客观意义上升到改造世界、创造世界的主观能动性上来。每一次科学技术的飞跃，都深刻地改变了社会的生产方式和人们的生活习惯。从蒸汽机的诞生到电力的广泛使用，再到信息技术的迅猛发展，每一次技术革新都为人类社会带来了翻天覆地的变革。如今，人工智能、大数据、云计算等前沿科技正在引领新一轮的科技革命，它们不仅促进了经济的快速发展，还为解决人类面临的众多挑战提供了新的思路和方法。在这场科技革命的浪潮中，人工智能技术无疑成了焦点。它通过模仿和增强人类的智能，赋予了机器执行那些曾经只有人类才能胜任的复杂任务的能力。举个例子，机器学习算法使计算机能够从海量数据中识别模式，进行精准预测和决策；而自然语言处理技术则让机器能够理解并产生人类语言，这在客户服务、翻译等众多领域中扮演了关键角色。人工智能的应用潜力同样在医疗诊断、自动驾驶、智能制造等多个领域得到了显著体现。随着技术的持续发展，人工智能正逐渐深入社会的各个层面，引领着各行各业的创新与转型。

在后现代，随着科学和技术的飞速发展，人类拥有了很多强大的工具。这些工具被用来创造和利用自然选择的机遇，从而使得人类与科技的关系变得越来越紧密，人与机器的界限也变得越来越模糊。这种情况引起了哲学家和科幻小说家们的极大关注。比如，海德格尔作为一位哲学家，他在思考人的存在和艺术作品的真理问题时，注意到了人类面临的技术困境。赛博朋克小说家们在其作品中深入探讨了计算机网络和科技的影响，他们认为人类的历史可能会从传统的政治和军事霸权，转向计算机网络和机器霸权。这种转变反映了人类对科技文明的深刻反思，而赛博朋克小说则通过其独特的视角，对当代人类的生存状态提供了警醒，是研究人与机器关系的重要文学读物。赛博朋克小说以其对一个科技高度发达世界的描绘而著称，在这个世界里，人类与机器的界限变得模糊不清，从而深入探讨了个体在技术控制下经历的异化以及自由意志的消逝。这些作品往往设定在一个反乌托邦的未来背景之下，社会分层极为明显，贫富差距巨大，权力被少数技术巨头牢牢掌握。通过这样的背景设定，赛博朋克小说不仅对资本主义的极端形态进行了批判，还对人类对技术的过度依赖和滥用提出了深刻的质疑。此外，它还深入探讨了身份、人性和道德的界限，以及在一个由算法和人工智能主导的世界里，人类如何维持自我认同和道德判断。

人类文明的发展经由远古的新、旧石器时代，悠久的农耕时代，而后进入机器大工业时代，进而迈入全球语境下的后现代，随着信息技术的发展，计算机网络和数字媒体进入人们的生活，人类社会也进入了一个以“bit”为主要介质的电子信息时代。人与人、人与社会、人与自然之间的关系也因为信息时代的技术变革变得错综复杂起来，技术带来的人的异化让人与人，人与社会，人与自然越来越陌生，越来越疏离，人将自己孤立起来，囿于赛博空间这个孤岛之上，人与虚拟世界之间的关系反而更加密切了，就像吉布森在他的“矩阵三部曲”中描写的那样，人们联通网络空间的操控台，让意识脱离身体，投射入同感幻觉，也就是那张巨网之中。“飞速发展的技术必须要有无法无天的地方才能发挥功用，“夜之城”的存在与它的居民无关，只是为了技术本身所特地留出的一片无人监管区。”① 赛博空间就像是“蛋白质环环相扣而成的各种细胞机能，如今身处莫名其妙的绝望困境，又可以借着药力将仁清街看作一片数据的原野，全身心投入高速的漂移滑动之中，既入世又疏离，身边是飞舞的交易、交江的信息，还有黑市迷宫里的数据组成

① 威廉·吉布森. 神经漫游者 [M]. Denovo，译. 南京：江苏文艺出版社，2013：50.

的肉体。”①

从科幻文学史的发展角度来看，赛博朋克科幻小说代表了科幻文学的一个新方向，它与传统科幻小说有着紧密的联系，但又有自己的独特之处。赛博朋克强调的是科技特别是计算机及网络技术的快速发展和影响。这类小说通常描绘了一个高科技和低生活水平共存的未来世界，其中计算机和网络是推动故事发展的关键因素。赛博朋克小说不仅为读者带来了丰富的想象和精神上的愉悦，而且它们对计算机技术的设想和探讨，在一定程度上也启发和影响了现实世界中计算机技术的发展。赛博朋克作为一种科幻文学的流派，其作品通常描绘一个未来世界，这个世界高科技与低生活水平共存，社会秩序和道德伦理面临挑战。赛博朋克作品中的世界往往给人以冷漠和恐怖的感觉，充满了颓废和堕落的元素，比如暴力、毒品和堕胎等社会问题。这些作品强调信息时代可能带来的风险，例如技术的统治和对人类生活的全面控制。电脑和网络成为强大而危险的存在，它们构成了一个充满虚拟危险的宇宙。尽管如此，赛博朋克作品中始终流露出一种人文主义精神，即使在描述未来世界时，也探讨了人性、自由和个体价值等主题。人文主义精神的核心在于对个体命运的深切关怀，以及对人类情感和道德价值的坚守。在赛博朋克作品中，角色们常常在技术与人性的边缘

---

① 威廉·吉布森. 神经漫游者［M］. Denovo，译. 南京：江苏文艺出版社，2013：138.

挣扎求生，他们所面对的是一个由算法和数据构成的现实世界。他们的抉择和抗争，彰显了人类精神的坚韧不拔。即便在科技高度发展的背景下，人类的自由意志和情感纽带并未被彻底抹杀，反而在与技术霸权的对抗中显得格外宝贵。赛博朋克小说家们亦致力于通过其作品，传达对人类、人性、生存状态以及未来命运的深刻反思，这一点在他们之间是共通的。

二、互联网技术文化延伸出的文学新品种

赛博朋克小说的出现与科学技术的迅猛发展有着极为重要的关系。随着人工智能、虚拟现实和生物工程等领域的飞速发展，赛博朋克小说勾勒出了一个高度数字化和网络化的未来世界图景。在这个世界里，技术与社会的矛盾、个体与大型企业的对抗，以及对人类身份和道德的深入探讨，构成了其核心议题。作家们通过构建一个高科技与低生活水平并存的反乌托邦社会，对现实世界中技术进步可能引发的社会问题进行了深刻的反思和批判。在这个反乌托邦社会里，人们的生活受到大型企业的操控，个人隐私和自由面临严峻威胁。技术的过度使用加剧了社会的分层，贫富差距巨大，而那些掌握尖端科技的精英阶层则居住在与普通民众隔绝的高墙之内。赛博朋克小说通过这种极端设定，提醒人们在追求技术发展的同时，不应忽视对社会公正和人类价值的保护。同时，小说中对人工智能的探讨也引人深思，它们在提升效率和便利性的同时，也对人类的

工作和生活方式提出了挑战。赛博朋克作品以其独特的视角和深刻的洞察力，成了探讨科技与社会关系的重要文学体裁。

20世纪末，互联网和信息技术的迅猛发展，对人类社会产生了深远的影响。这些技术不仅改变了人们的日常工作、学习和生活习惯，还深刻地影响了未来的趋势，并且催生了全新的文化现象。美国学者威廉·J·米切尔在他的《伊托邦：数字时代的城市生活》一书中指出：在数字时代，人类所在的空间不仅仅是个真实存在的场所，还包括了一个虚拟的场所，即一个将人类连接在一起的必不可少的网络世界。"今天，无所不在的通信网络、智能机器、智能建筑，与供水、废物处理、能量传输以及交通运输系统相结合，构成一个不分时间、无论地点的全球化互联世界。"① 米切尔在这里讨论的是未来城市的发展趋势，他认为随着电子化服务的普及和全球互联的实现，未来的城市将不可避免地走向数字化、网络化。比特（即数字信息的基本单位）对传统城市模式产生了巨大冲击，传统城市无法与网络空间共存。米切尔预言，未来的城市将是一个新型的数字大都市，这种城市模式将持久存在。在这样的城市中，信息技术的迅猛发展将导致住宅社区、人际交往、工作方式以及经济活动等多方面的根本性变革。

如今，信息技术不仅改变了生产方式，还改变了信息控制

---

① 威廉·J·米切尔．伊托邦：数字时代的城市生活［M］．吴启迪，乔非，俞晓，译．上海：上海科技教育出版社，2005：243.

的模式。随着这种变化，一些文学家开始关注那些当时尚未成熟但可能对未来产生重大影响的技术，并创作了科幻小说。这些小说中描述的许多技术，随着时间的推移，最终成为现实。因此，科技与科幻小说之间形成了一种复杂的关系：科学家们试图区分两者，却又从科幻中获得灵感；而科幻小说家则学习新技术，努力使两者之间的界限变得模糊。特别是互联网技术在科幻小说中所产生的影响越来越重要了。它不仅催生了赛博朋克科幻小说这一新的文学品种，而且还延伸了这一新文化品种的影响。

随着电视和电影等现代传播技术的进步，赛博朋克作品的表现手法得到了拓展。观赏这类影片，能够让我们更直观地领会赛博朋克小说的精髓，其中，具有代表性的影片包括：《异形》(*Alien*)，《黑雨》(*B1ack Rain*)、《银翼杀手》(*Blade Runner*，1982)、《第五元素》(*The Fifth Element*)、《黑客帝国》(*The Matrix*) 等。对赛博时代的未来表现得最经典的是《银翼杀手》，这部影片是根据菲利普·K·迪克（Philip K. Dick）的科幻小说《机器人会梦见电子绵羊吗?》(*Do Androids Dream of Electric Sheep*，1982) 改编而成。我看过你们人类无法想象的事情，在烈火中攻击舰船，还有大海深处的电波，在黑暗里喋喋不休。那些时刻，将在时光的洪流中消失，就像雨中的泪水。在电影中，Roy努力争取生存的权利，但最终被人类社会所放逐。电影设定在未来的洛杉矶，描绘了一个被酸雨污染、混乱不堪的世界。人们在这个世界中对自己的真实身份感到疑惑和怀疑。《黑客帝国》通过探讨“虚拟现实”这一概念，提出了关于真实与虚幻、人类存在的意义等深奥的哲学问题。影片的导演沃卓斯基兄弟在拍摄过程中，要求演员阅读法国思想家让·鲍德里亚的作品，这反映了电影在哲学和文学层面的深入探讨。《黑客帝国》的故事发生在未来，其中人类实际上被一个名为“母体”（Matrix）的超级电脑系统所控制，人们所认为的现实世界其实是电脑程序创造的虚拟世界，真实与虚拟的界限变得模糊不清。

鲍德里亚强调，《黑客帝国》系列将“虚拟现实”这一概念推向了极致——机器设备的扩张变得不可遏制，人类面临的选择似乎没有第三条道路，要么在数字化的系统中被同化，要么被系统边缘化。正如影片中曼菲斯对惊诧不已的尼奥说：“欢迎回到现实的荒漠。”总的来说，赛博朋克小说通常比较注重科技、机器对人的异化方面。这些作品通常描绘了一个未来世界，其中尖端科技与社会的阴暗面形成强烈对比。在这个世界中，庞大的企业集团掌握着巨大的权力，而普通民众的生活则受到技术的严格监控。赛博朋克小说中的主人公往往是被边缘化的反英雄人物，他们在这样一个充满危险和不确定性的环境中努力生存。此外，赛博朋克作品经常深入探讨身份认同、自由意志以及人类本性等哲学议题，通过错综复杂的人物角色和情节设置，展现了一个充满悖论的未来社会。

在赛博朋克风格的小说中，统治体系通过镇压反抗行为来显示其力量和控制。然而，这种镇压并不是为了彻底消除反抗，而是让反抗者有一种错觉，即他们似乎在进行有效的反抗。实际上，这种反抗被统治者利用，成为维持和加强其统治的一种手段。在这种情况下，反抗的存在反而证明了统治系统的合理性，因为它展示了统治者对社会的控制能力。因此，在某种意义上，赛博朋克小说中的统治允许存在反抗，统治的也更不露痕迹，因而反抗者的抗争看起来也更渺小和无奈。然而，正是这种看似微不足道的抗争，构成了赛博朋克小说的核心魅力。它不仅映射了社会的边缘化问题，也揭示了个体在面对庞大权力结构时的孤独与挣扎。通过描绘一个技术高度发达却道德沦丧的未来世界，赛博朋克作品挑战了读者对于自由、人性以及社会正义的传统认知。比如，《黑客帝国》中的主人公尼奥在电影中发现自己生活在一个由计算机程序构建的虚拟世界里。随着故事的发展，尼奥被地下反抗组织发现并救出，他们希望尼奥能够成为对抗控制虚拟世界——也就是“母体”——的救世主。尽管尼奥在影片中展现了强大的力量并取得了一系列的胜利，但他最终未能完全摧毁母体。影片的结尾暗示，尼奥自己可能也只是母体为了维持虚拟世界平衡而创造的角色之一。

三、互联网技术影响下科幻小说的新走向

尽管赛博朋克作品中的某些未来设想可能不会成为现实，

但它们对电脑网络和虚拟现实的想象，反映了网络技术不断进步带来的影响。这些技术正在形成一个新的虚拟维度，这个维度与我们的现实生活相互交织，成为我们生活的一部分。我们正生活在一个被称作赛博空间的虚拟环境中，而这个环境正塑造着我们的未来。虽然这个未来会是什么样子还不完全清晰，但它将如何发展，取决于我们现在的选择和决策。美国著名的科幻小说家艾萨克·阿西莫夫提出，科幻小说的核心在于描绘一个在技术方面与我们现实世界截然不同的虚构社会。无论是赛博朋克风格的小说还是早期的科幻作品，都向读者展现了一个与现实不同的未来世界。赛博朋克小说特别关注科技发展对社会的影响，尤其是计算机网络和虚拟现实等新兴技术领域，这些技术正在快速发展，并且对人类的生活方式和思维模式产生深远的影响。亚当·罗伯茨在《科幻小说史》中称："赛博朋克最大的亮点就在于这类作品精彩自洽地提供了一个可信的未来"①，典型的赛博朋克小说常常对高度计算机化和以城市为中心的现代生活所带来的危险持有一种保守的看法。这类小说并不直接表达对未来科技的明确态度，而是通过描绘一个封闭、阴暗、局限于狭窄都市环境的世界来传达信息。它们不是简单地向我们展示一个黑暗的未来，而是试图告诉我们如何避免陷入那样的未来。

---

① 亚当·罗伯茨. 科幻小说史 [M]. 马小悟，译. 北京：北京大学出版社，2010.

赛博朋克小说聚焦于当前以及不久的将来可能出现的情景，而非那些遥远且难以捉摸的未来科技和外太空探险。科学是人的智力发展中的最后一步，并且可以被看成人类文化最高、最独特的成就。随着科学的不断进步，人类与技术的关系变得越来越紧密，人与机器之间的界限也越来越不明显。赛博朋克是一种文学和艺术流派，它关注的焦点是未来社会中人与技术的关系，以及技术对人类社会的影响。在赛博朋克作品中，传统的政治、经济和文化力量可能逐渐被计算机网络和大型企业所取代。这些作品不仅反思了科技文明带来的各种影响，还对未来可能出现的人类机械化和机器拟人化进行了大胆的预测和设想。它们描绘了人们在技术世界中可能遇到的困境，提醒人们要适度和理性地使用科技。赛博朋克小说的风格与其他科幻作品不同，通常带有神秘和阴郁的色彩，有时还带有哥特式小说的特点。这些作品通常不强调传统科幻中对人性真善美和社会光明面的追求，而是更多地探讨人性的阴暗面，比如欲望、暴力和金钱等。它们描绘了一个充满对立和冲突的未来世界，反映出对过度依赖科技和资本主义社会的批判。在这样的背景下，赛博朋克小说通常描绘角色们在高科技与低生活水平的夹缝中艰难求存，他们身处边缘。面对一个由大型企业操控、信息严重不对称的社会，个体的自由和选择受到极大限制。小说所呈现的世界，既充满了技术的奇迹，也充斥着道德的堕落，这深刻地反映了作者对可能到来的未来社会的忧虑和批判。

赛博朋克小说作为在计算机科技迅速发展时期兴起的科幻小说流派不仅继承了传统科幻小说的特点，还发展出了自己独特的风格。赛博朋克小说反映了当时社会在工作、生活方式和文化方面的巨大变化，为读者带来了新的科幻阅读体验，并且为科幻文学领域增添了新的活力。赛博朋克小说通常设定在未来世界的背景下，描绘了一个高科技与低生活水平并存的反乌托邦社会。在这个世界里，信息技术和生物工程的迅猛发展引发了社会结构和人类关系的深刻变革。小说中的角色常常在这个背景下努力生存，探索自我认同和自由意志的主题。赛博朋克作品的视觉风格和主题思想，对后来的电影、游戏和流行文化产生了深远的影响，成为一种文化现象。

一直以来，科幻小说都肩负着警醒世人、造福未来的使命。它通过描绘未来世界的种种可能性，激发读者对科技发展的深刻思考。这些故事通常以科学理论为根基，融入作者的丰富想象力，构建出一个又一个令人惊叹的虚构世界。在这些世界中，人类面临各种挑战，如外星生命的接触、时间旅行的悖论、人工智能的道德困境等。通过这些引人入胜的情节，科幻小说不仅为读者带来娱乐，更促使人们深思科技进步对社会、伦理和人类自身可能带来的深远影响。从科学家的视角来看，他们一方面努力帮助人们分辨科幻作品中的想象与现实世界的科学事实，以免人们将两者混淆。同时，科学家也会从科幻小说中汲取灵感，获取对未来科技发展的深刻见解。从科幻小说家的角度来看，他们一方面密切关注现实世界中技术的最新进展，并在自己的作品中模糊现实与虚构的界限，创造出引人入胜的故事。另一方面，他们希望自己的作品能够引起人们对科技进步可能带来的负面影响的思考，提醒大众警惕科技可能带来的“罪与罚”。

第二节　西方科幻小说的空间转向

当前，“空间转向”已经成为当代学术思想发展的显著标志。在学术界，“空间”转向不仅体现了哲学思维范式的演变，也标志着文艺学和美学理论关注点的转移，为文学研究开辟了新的视野和问题框架。文学研究与三种空间形态紧密相关：首先是第一空间——现实空间，涵盖了历史与地理；其次是第二空间——想象空间，涉及思想与情感自由驰骋的精神领域；最后是第三空间——赛博空间，代表了后历史、后地理的虚拟现实。传统文学及其研究主要与第一空间相关联；以空间形式为特色的西方现代文学，是第二空间的典型代表；而赛博朋克文学和网络文学则构成了赛博空间，即第三空间的主要话语场。

一、第一空间中的西方传统文学

将现实空间（包括历史与地理空间）作为特征的第一空间，

为我们提供了一个独特的视角来审视传统文学。从古希腊亚里士多德的“摹仿说”统治欧洲两千余年，到文艺复兴时期的“镜子说”，再到19世纪现实主义的“真实论”、马克思主义的“反映论”以及车尔尼雪夫斯基的“美是生活”，直至20世纪美国学者艾布拉姆斯提出的“镜与灯”之喻，我们可以观察到，以模仿和反映现实为特征的文学观念构成了西方文艺学美学发展的重要线索，甚至在文艺思潮中占据主导地位。文学常被视为精神产物，它在物质世界与人类社会中受到特定历史时期和地理环境的影响。由于其符合人们的认知习惯并便于理解，线性的时间观念和地理空间通常构成了传统叙事文学及其理论框架的核心。从文学本体存在的内在意义上看，正如捷克作家米兰·昆德拉所说：“旧时的小说家试图在生活神秘而混沌的结构中梳理出一条清晰而合理的线索；在他们看来，是某种可以合理理解的动机导致了一次行为，而这一行为又引发了另一个。一次冒险就是一条清晰的行为因果链。”这套理论用在以情节驱动的第一空间小说上，再合适不过了。故事通常沿着内在的时间链和因果链展开，时间关系构成了传统作家构建小说的基础逻辑框架。这类作品更多地体现了地域性而非空间性。以西方文学为例，荷马史诗和流浪汉小说是典型的例证。在世界文学中，原始史诗如荷马史诗和印度两大史诗，最初是以单一语言口耳相传的形式存在。线性时间和故事情节的逐步逻辑发展形成了主要的叙事结构模式。行吟诗人的口头文学流传了数百年甚至千年，直到传说中的荷马或蚁垤仙人将其用文字记录下来。特别是随着印刷术的发明，文学传播不再局限于少数人，文本得以跨越时空限制，普及至普通家庭，并进入不同国家和异质的语言文化之中。然而，在 19 世纪，西方经典小说的成熟期（可能以巴尔扎克为典型代表）到来之前，流浪汉小说无疑具有其典型意义。作为流浪汉小说的标志性作品，西班牙文艺复兴时期的佚名小说《小癞子》构建了其叙事基础，通过单线发展的情节和主人公在不同地理空间中经历的坎坷生活。国内学者，例如张世君教授，从历史时间与地理空间的比较视角出发，探讨并出版了《欧美小说模式》一书。张教授认为，欧美小说中最具特色的传统模式是旅程模式，流浪汉小说便是其中的典型；而中国最杰出的经典小说则倾向于庭院模式，以《红楼梦》为代表。这些观点在第一空间与传统文学及其研究领域中，提供了丰富的启示。从现实空间（包括历史和地理维度）的角度审视世界文学，我们可以提炼出许多具有洞察力的结论。例如，在西方文学的范畴内，《奥德赛》被视为首部描绘归家旅程的奇幻冒险式文学作品，它也体现了西方存在主义哲学的早期范例。作为希腊联军的英雄之一，奥德修斯的传奇故事在《奥德赛》中得到了栩栩如生地描绘。这部史诗详细地叙述了特洛伊战争结束后，他那长达十年的艰辛归途。故事集中展现了他个人的命运，让他在一种宁静而庄严的氛围中，缓缓步入另一个世界，踏上了一条充满重重困难和挑战的归乡之路。这是一首赞颂智慧、勇气、坚韧和才能的史诗，展现了主人公如何战胜自然与人为的种种险恶，坚定地寻找回家之路的人性颂歌。奥德修斯穿越广阔的空间，其最终目的只有一个——那就是回归到“家”的怀抱，无论是肉体上的家园还是精神上的归宿。在这里，《奥德赛》作为旅行文学的典范，为后世文学确立了在空间探索中叙述故事的模式，被文学史家视为文艺复兴和十八世纪流浪汉小说及批判现实主义的先驱。其叙事方式对后世产生了深刻的影响。流浪汉小说正是在《奥德赛》的启发下诞生的，尽管它经历了一些演变。流浪汉小说通常指的是那些风格多变、特别是让其角色始终处于不断变化状态的文学作品。通常认为，狭义上或现代意义上的流浪汉小说起源于西班牙的匿名中篇小说《小癞子》，其影响力扩散至整个欧洲，并被欧美作家广泛借鉴。例如，西班牙的塞万提斯、英国的亨利·菲尔丁和狄更斯，以及美国的马克·吐温和杰克·克鲁阿克等作家，都在他们的作品中融入了这种文学形式。然而，以第一空间为背景的文学创作，并非完全以行走为主，也不仅限于现代社会之前。随着高效交通工具的不断进步，人类对物理和地理空间的文学探索变得日益丰富。尽管如此，第一空间中的文学人物通常被置于简单的生存环境中，其个性往往需要通过发生在第一空间的故事情节来展现，通过一系列连贯的动作来揭示。这种叙述手法使得人物性格的展现与情节发展紧密相连，而不是依赖于直接的描述或内心独白。因此，读者往往需要通过人物在特定情境下的选择和行为来推断其性格特征。这种写作方式在增强阅读的互动性和解释的多样性方面发挥了作用，同时，它也对作者构建情节的能力提出了更高的要求。

二、第二空间中的现代文学

随着物质世界的不断外拓，社会生活的丰富，文化媒介的嬗变，资本主义生产关系的快速发展，人与人之间的关系日趋复杂，人本身的性格也变得多样。在这样的社会背景下，个体的角色和身份认同问题变得日益突出。人们开始探索新的方法来展现自我，以适应持续演进的社会环境。文化产品，包括文学、电影、音乐等，已成为人们自我探索和个性表达的关键渠道。这些产品不仅映射了社会的演变，还塑造着人们的价值观念和行为习惯。在这一演变过程中，文化产品所蕴含的意义与功能经历了显著的转变。它们已不再单纯作为娱乐的媒介，而是转化为了个体与社会之间沟通的桥梁。借助文化产品，人们能够发现共鸣，构建社群，并在某种程度上塑造社会的主流价值观。以电影为例，一部影片的成功不仅仅体现在其票房成绩上，更在于它能否激发公众讨论，成为一种文化现象。同样地，一本畅销书籍的影响力也不仅仅局限于文学领域，它有可能改变人们对特定社会问题的见解，甚至催生社会运动。音乐作品同样能够跨越语言和文化的障碍，成为全球交流的符号。因此，文化产品在个体身份认同和社会文化发展中的重要性不容忽视。

传统小说，曾占据文学的首要空间，其时间主导的叙事方式正面临挑战。这些作品的创作似乎已难以跟上新的历史语境的步伐，难以捕捉生活本身的复杂与多样性。从哲学和科学的视角来看，传统西方哲学中主体与客体、客体与客体之间的绝对对立观念，要求我们重新审视时空观念，特别是对传统时间观念的革新。柏格森借助“绵延性”理论，揭示了“真正的时间”，并在此基础上构建了一种新的形而上学体系。他定义空间为——若有一种东西能使我们在一堆同时发生的同一感觉之间彼此辨别彼此，则它就是空间，这样说来，空间是跟性质的辨别原则不相同的一种辨别原则，因而空间是没有性质的一种实在。[①] 在科学领域，赫尔曼·闵可夫斯基对爱因斯坦相对论的阐释，不仅经典而且深刻，它引导物理学家们在讨论空间与时间时，习惯性地将时间视为与三维空间相结合的第四维度。这种观点深刻地改变了我们对世界的认知，并激励我们从短暂的瞬间中捕捉到永恒的真谛。为了使同时存在的感觉能够形成空间感，必须深入理解心灵如何从当前体验中领悟时间的深层意义。在这个持续的过程中，空间的因素是不可或缺的。人类对内在空间的探索，即主体性的体现，不仅在意识哲学中得到体现，也在西方现代小说中占据重要地位：对第二空间的探索成为主要特征，物理空间中的事件不再是叙述的中心，而是将重点转

① 约瑟夫·弗兰克. 现代小说中的空间形式［M］. 秦林芳等，译. 北京：北京大学出版社，1991：93.

移到了文学人物的感觉和心理空间的发展上，不再仅仅追求通过情节的曲折来展现人物性格的奇特。文学中再现第二空间，即人的主观世界，也催生了丰富的代表性文学理论，包括浪漫主义的“表现说”、象征主义的“对应论”、表现主义的“直觉说”、弗洛伊德精神分析文论的“性潜意识说”、荣格的“集体潜意识”理论，以及中国古代文论中的“言志说”“缘情说”“性灵说”等。

若将19世纪以巴尔扎克、狄更斯、左拉等作家的作品为代表的现实主义小说视为物理时间形式的小说，那么，以T·S·艾略特、卡夫卡、普鲁斯特、伍尔夫和乔伊斯等作家的作品为代表的现代主义文学，则可被视为一种内向的转变。这种转变通过心理时间的运用，颠覆了物理空间事件的核心地位，并重新塑造了小说中的空间形式。意识流小说便是这一转变的典型例证。1945年，美国普林斯顿大学的教授约瑟夫·弗兰克在《西旺尼评论》杂志上发表了题为《现代小说中的空间形式》的文章，首次提出了关于小说空间形式的理论。这里出现的“空间”称谓已不能简单理解为具有确定性的现实地理概念。①在先前的第一空间文学作品中，故事背后的层层帷幕，作为情节的辅助空间，已不再仅仅满足于揭示文学地域性特征的现实证据。在叙事结构中，它展现了超越时间线性发展规律的强大

① 约瑟夫·弗兰克．现代小说中的空间形式［M］．秦林芳等译．北京：北京大学出版社，1991：54.

力量，迫使模糊的内心描写片段重复翻转、交替、闪回，在由众多分散却又相互关联的象征、意象和参照等元素构成的意义镜像中，实现了对历史的个人化修辞。因为“把一个人的内在矛盾和内在发展阶段也放在空间中，使之紧张生活”（陀思陀耶夫斯基），这正是在空间上的横向拓展。弗吉尼亚·伍尔夫的“灵视时刻”以及詹姆斯·乔伊斯的“顿悟”概念，均体现了将时间凝练并转化为空间意义的过程，展示了时间的中止如何赋予事物深刻的含义。爱德华·W. 索亚这样写道：“人们在察看地理时所见到的，无一不具有同存性，但语言肯定是一种顺序性的连接，句子陈述的线性流动，由最具空间性的有限约束加以衔接，两个客体（或两个词）根本不可能完全占据同一个位置（譬如在同一个页面上）。对于词语，我们所能做的，无非就是作重新的收集和创造性地加以并置的工作，尝试性地对空间进行诸种肯定和插入，这与现行的时间观念格格不入。其实，对事实作重新地收集和创造性地加以并置的工作”，[①] 在文学领域，研究者们致力于引入空间维度，以丰富其研究内容。

三、第三空间中的赛博朋克文学

在20世纪，随着现代媒介传播工具和计算机技术的飞速发展，世界已经迈入了数字图像时代。基于爱因斯坦的“四维空

---

① 爱德华·索亚. 第三空间：去往洛杉矶和其他真实和想象地方的旅程［M］. 陆扬等，译. 上海：上海教育出版社，2005：102.

间”理论，系统论、控制论和信息论已经广泛应用于各个科学领域，并深入到我们的日常思维和交流中。系统化、网络化和信息化的概念，通过计算机的高效处理，已经变成了现实。在这一时代背景下，数字图像处理技术应运而生，它不仅改变了人们获取和处理信息的方式，还极大地推动了科学研究、工业生产、医疗诊断、安全监控等多个领域的发展。数字图像处理技术通过算法对图像进行分析、识别、增强和重建，使得图像信息的提取和利用变得更加高效和精确。随着人工智能技术的融入，数字图像处理正朝着更加智能化、自动化的方向发展，为人类社会带来了前所未有的变革。

以后现代性为特征的赛博空间，已经使我们步入了“文化数字化”的时代。从 IT（信息技术）到 ICT（信息与传播技术）的转型标志着信息技术正在从一种控制工具发展成为一种传播、咨询与合作的媒介。迥异于传统第一媒介的“信息制作者极少而信息消费者众多”的播放型主导文化传媒，以电子信息与传播技术为核心的多向互动式的第二媒介（电子传媒）让文化得以“双向去中心化的交流”①。电子传媒导致虚拟现实的凸现和数字化时代的到来。赛博空间是第三空间的最新发展阶段，这里的“第三空间”可能指的是介于物理现实（第一空间）和人的内心世界（第二空间）之间的虚拟领域。媒介嬗变指的是媒介技术的变革，而全球电脑网络则是指互联网的全球性网络。

① 王政挺. 传播：文化与理解［M］. 北京：人民出版社，1998：202.

赛博空间在这些技术的支持下，比传统的物理空间（如我们的日常生活环境）和心理空间（个人的思维、情感和想象空间）拥有更大的自主性，意味着它在某种程度上可以独立于现实世界的物理法则和人的主观意识。

“赛博空间”（Cyberspace）这个词是由威廉·吉布森在其短篇小说《整垮珂萝米》（*Burning Chrome*）中首次提出来的。从辞源学来看，赛博空间由英文构词成分 cyber 和单词 space 拼接起来的复合词，其中 space 译为空间，而 cyber 则来源于美国数学家诺伯特·维纳于 1948 年创造的 cybernetics（控制论）一词和美国自动控制专家唐纳德·N·迈克尔于 1962 年创造的 cybernetics，其希腊词源是 kybernetes（掌舵、驾驶、操纵、控制）。显然，从词源的角度来看，“cyber”与现代科技中的自动化控制、信息通信和计算机技术紧密相关。因此，与“cyber”结合的“space”所指代的，是一个由计算机构建的世界。这个概念不应被理解为物理学意义上的空间，而应被理解为一种由计算机和现代通信技术创造的虚拟现实空间。在这里，我们将其称为“空间”，仅仅是一种比喻性的表达。换言之，赛博空间本质上是一个概念性的领域，一种理念上的空间或主观性的空间，而非一个物理或现实的空间。它既不体现牛顿所描述的“水桶空间”或“绝对空间”的特性，亦非康德所指的先验空间，亦非二元论者所主张的由外部物理实体与内部认知实体共同构成的空间概念。

尽管赛博空间依赖于真实的物理设备，如电脑和缆线，但人们通过电脑网络与之互动时，感觉像是进入了一个不受物理定律限制的全新空间。在这个空间中，人们可以自由地探索和体验，不受自己身体的限制。赛博空间是由人创造的，它只存在于计算机代码之中，由二进制的“0”和“1”组成，没有实体的重量和质量。它是一个无限的、非物质的、没有固定位置的空间，只以一种抽象的形式存在。比如，通过互联网，我们可以轻松访问来自世界各地的信息，包括文学作品。赛博空间就像一个多彩的万花筒，包含了艺术、宗教、科学和政治等多个领域，每次探索都能发现新的可能性和景象。它确实是反空间的，你不能说它在哪儿，或描述它的可以记忆的形状和比例，或者告诉一个陌生人怎样到达那里。但是在不知道事物在哪里的时候，你却能够在其中发现它们。网络是一种特别的包围性的、无处不在的环境，然而时刻也能变得到处都在。你不能走向它，但是你能够从身体上发生的任何地方在网上进行联机。网络的交互作用的完全空间化打断了地球编码的钥匙。

因此，文学探索的焦点也相应地转移到了第三空间——赛博空间的探索上。无论是传统文学还是现代文学，它们与时间、地理空间和历史空间的联系更为紧密，尤其是在后现代时期。电子传媒时代的到来、技术政治的进步，以及虚拟现实与赛博空间与我们日常生活时空的交织，共同催生了一种具有后地理、后历史特征的迷宫式后现代空间。特别是在信息时代，赛博空间作为一种全新的虚拟空间、精神生活空间和文化空间，它基于计算机技术、通信网络技术和虚拟现实技术，并以信息传播为媒介。赛博朋克文学和网络文学可以看作是穿越赛博空间这一奥德赛的文学体现。在赛博朋克文学中，探索物质世界并非核心，对内在精神世界的探索亦非重点，其核心在于对不断扩展、自主性日益增强的“客观心灵”的“非空间”探索，即赛博空间的三维网格结构——矩阵。随后兴起的网络文学则在技术与艺术的融合下，展现了虚拟性、超媒体性、互动性和超链接性等特征。

网络文学所展现的特点，使其与传统文学大相径庭。它突破了线性叙事的界限，借助超链接和多媒体元素，构筑了一个立体的叙事空间。在这个空间里，读者不再是被动的接受者，而是能够主动参与故事的构建，通过选择不同的链接，体验多样的故事线和结局。这种参与性显著提升了读者的沉浸感，并赋予了网络文学作品更高的互动性和个性化体验。同时，网络文学的超媒体特性也表明它能够融合文字、图片、音频、视频等多种媒介形式，为读者带来更为丰富和立体的阅读体验。网络文学的这一特质，同样使其在传播和受众接受方式上与传统文学存在差异。得益于网络文学创作与阅读过程的开放性和自由度，它能够迅速对社会热点和读者需求作出反应，构建起一种即时互动反馈的机制。作者能够依据读者的评论和反馈来调整故事的进展，甚至邀请读者直接参与创作，共同塑造故事世界。另外，网络文学的传播不受地理界限的限制，依托互联网的全球性覆盖，它能够吸引全球各地的读者，促成跨文化交流与影响。这种开放性和互动性不仅丰富了文学的表现手法，也为文学的未来发展开辟了广阔的空间。

第三节 吉布森个人修养的自然选择

迄今为止，威廉·吉布森创作了二十多部短篇故事和十几部备受好评的长篇小说，还发表了大量的杂志文章。另外他还和许多表演艺术家、电影制片人和音乐家进行了多方位的合作。他作品中的许多观点都影响了其他科幻小说作家、设计师、影视制片人以及电脑技术人员等等。作为北美科幻小说界最有影响力的作家之一，吉布森以其极具后现代风格的科幻概念和创作手法，使科幻小说进入主流文学的视野并呈现出亮丽的色彩。吉布森的赛博空间视野和现实世界相碰撞，影响了人们对近未来世界的认知。从某种程度上来说，吉布森的赛博空间开创了赛博朋克科幻小说运动。吉布森小说中赛博空间的形成与他自身的科学素养、文学情缘以及独创精神是分不开的。

一、文学情缘为小说创作提供了艺术条件

威廉·吉布森于1948年出生于美国南卡罗来纳州的康威市

(Conway, South Carolina), 在上小学时, 父亲便死于意外, 母亲带着年幼的吉布森回到了她自己的家乡——弗吉尼亚的维斯维尔镇 (Wytheville, Virginia), 在这个小镇, 吉布森度过了他的童年和少年时光。吉布森的成长环境平凡而又单一, 从小吉布森便热衷于读书和音乐, 从小学开始, 他便对科幻小说产生了浓厚的兴趣。在13岁那年, 吉布森开始接触美国“垮掉的一代 (Beat Generation)”文学作品, 广泛阅读了艾伦·金斯堡 (Allen Ginsberg)、杰克·凯鲁亚克 (Jack Kerouac)、威廉·巴勒斯 (William S. Burroughs) 等人的作品。其中对吉布森影响最大的是威廉·巴勒斯, 可以说正是巴勒斯改变了他对传统科幻小说的态度, 也就是从那时开始, 吉布森立志要成为一名科幻小说家。

吉布森深入探究了巴勒斯的著作, 特别是其对社会与文化的批判性分析, 这赋予了他对科幻文学的全新视角。他开始尝试将这种批判性思维融入自己的创作, 从而诞生了一系列具有深刻社会寓意的科幻小说。在吉布森的早期作品中, 巴勒斯的影响显而易见, 但随着时间的流逝, 吉布森逐渐形成了自己独树一帜的写作风格。他的作品开始聚焦于信息时代对人类社会的冲击, 以及技术如何塑造我们的未来。

吉布森把大量的时间用于自己感兴趣的小说阅读上, 所以他的成绩很糟糕, 他的母亲为了改变这一状况, 把吉布森送到了亚利桑那州图森市 (Tucson, Arizona) 的一所寄宿学校, 在这里他参加了很多让他获益匪浅的社会活动，尤其是关于文学类的活动。也就是从这个时候开始，吉布森的写作才能开始显露。18 岁那年，母亲去世，吉布森便离开了学校。1967 年，为了逃避当时的越战征兵，吉布森移居加拿大。吉布森一直对“垮掉一代”作家群的生活方式很向往，并对当时的反主流文化表现出极大的关注。1972 年，吉布森定居温哥华并申请就读英属哥伦比亚大学，5 年后获得英文学士学位。在大学期间，他接触了更多的小说，尤其是对后现代派小说有了更加深刻的认识，也是从大学开始，吉布森开启了他的科幻小说写作之路。大学毕业后，吉布森在英属哥伦比亚大学当助教，同时继续自己的科幻小说创作。1980 年，吉布森有幸结识了朋克音乐人兼科幻小说家约翰·谢利（John Shirley）①，随后，又先后结识了三位和他志同道合并共同开创赛博朋克科幻小说这一科幻小说新文类的科幻作家——布鲁斯·斯特林（Bruce Sterling）、路易斯·谢纳（Lewis Shiner）和鲁迪·卢克（Rudy Rucker）。从此吉布森便与赛博朋克科幻小说结下不解之缘。

吉布森与几位作家共同探讨了未来社会的多种可能性，他们对技术的迅猛发展及其可能给社会带来的变化抱有共同的忧虑和兴趣。在他们的集体努力下，赛博朋克科幻小说逐渐发展出一种独特的风格。这种风格不仅描绘了一个高科技、低生活

① 约翰·谢利，美国科幻小说家，主要作品有《生化危机》《城市走来》《吸血鬼的爱》等。

标准的未来世界，还深入探讨了在这个世界中个体的生存状态和道德抉择。赛博朋克风格的作品通常以反乌托邦的视角审视未来，其中技术进步与社会退步形成鲜明对比。在这个世界里，大型企业或政府机构往往拥有超越国家的权力，而普通人在这样的社会结构中挣扎求存，面对着身份、自由和人性的丧失。这些故事往往强调个体在面对压倒性力量时的抗争和适应，以及在技术与人性冲突中寻找自我价值和意义的探索。赛博朋克风格的作品经常以反乌托邦的视角审视未来，其中技术的飞速发展与社会的衰退形成强烈对比。

吉布森早期科幻小说主要涉及自动控制和电脑模拟空间等主题，赛博空间、互联网冲浪、神经移植、矩阵等新词汇频繁出现。从他发表第一部短篇小说集《全息玫瑰碎片》（*Fragments of a Hologram Rose*，1977）开始，到《整垮珂萝米》（*Burning Chrome*，1982）中首创"赛博空间"一词，再到与谢利合著的《附属品》（*The Belonging Kind*，1981），与斯特林合著的《红色星球，冬季轨道》（*Red Star*，*Winter Orbit*，1983）以及与迈克尔·斯万维克合著的《空战游戏》（*Dogfight*，1985）等等，吉布森和他的赛博朋克运动伙伴们给人们讲述了科技与人性的敌托邦混合，以及贫民窟与高科技的融汇，充满了悲凉与黑色的情感。美国后现代文学批评家拉里·麦卡弗瑞对吉布森的科幻小说创作才能十分赞赏，称其为北美最伟大的科幻小说家之一。事实上，吉布森的创作是有意识地远离传统科幻小说，给读者一种和传统科幻小说叙述手法、主题表现完全不同的新鲜感。由于吉布森的作品给读者带来的新奇感和冲击力，科幻小说批评家达克·苏文将吉布森小说视为赛博朋克文学“地平线式的作品”。

1984年吉布森的《神经漫游者》出版，这让他一举成名。吉布森的创作手法、叙事风格也达到了巅峰，获得了评论界的极大关注。这部赛博朋克科幻小说成为首部囊括科幻小说界三大奖项（星云奖、雨果奖和菲利普·K. 迪克奖）的巨著。用美国批评家劳伦斯·柏森（Lawrence Person）的话来说，《神经漫游者》是一部赛博朋克的原型作品，它从此奠定了赛博朋克这一文学类型的基石。“赛博空间”这一概念是这部小说的关键词，并给读者带来极大的冲击力，这部小说发表在互联网普及的20世纪90年代之前，也为读者对近未来的极大想象提供了空间。2005年，《时代》杂志将《神经漫游者》列为20世纪20年代以来百部最佳英语小说之一。其后，吉布森又相继创作并出版了《零伯爵》和《蒙娜丽莎超速档》，这两部作品和《神经漫游者》一起就是吉布森最具代表性的“矩阵三部曲”（也被称为“蔓生三部曲”（Sprawl Trilogy）），它们奠定了吉布森的文学地位。

1990年，吉布森和斯特林合作出版《差分机》（*The Difference Engine*）。这部小说通过巧妙的叙事描绘了一个计算机革命提早降临到19世纪的狄更斯式的反乌托邦世界，似虚似实的故事使得这部小说引发了科幻读者的强烈反响，也促成了“蒸汽朋克”这一文学种类的形成。

20世纪90年代，吉布森的科幻小说创作开始探索都市化、跨国集团、人工智能、数字媒体等元素。他的第二个系列“桥梁三部曲（Bridge Trilogy）”出版，“桥梁三部曲”包括《虚拟之光》（*Virtual Light*，1993）、《虚拟偶像爱朵露》（*Idoru*，1996）和《明日之星》（*All Tomorrows Parties*，1999）。这个系列小说将背景设在近未来的旧金山市，关注后资本主义视域下城市的社会问题。《虚拟之光》描述了后资本主义时期，人类逻辑思维对私人企业和利益的掌控。《虚拟偶像爱朵露》和《明日之星》则是典型的表现吉布森从对科幻小说本身的痴迷转向对当代社会批判的转变。正如吉布森自己所说的，“我觉得我在试图描述一个不可想象的当下，我也确实觉得科幻小说最棒的用处就是能探讨当代的现实状况，而不是预测我们的未来。今天我们用科学能做到的最好的事情就是用它来探讨现在。地球现在成了一个异星球。”①

2000年以后，吉布森的创作偏向更为现实主义的风格，更关注当下的世界，但他的作品依然充满了批判性和先锋性，在科幻小说批评家约翰·克鲁特（John Clute）看来，这些都是“新世纪的科幻小说之代表”②。美国911事件发生后，吉布森将

---

① William Gibson in an Interview on CNN，August 26，1997.

② John Clute & Peter Nicholls. Encyclopedia of Science Fiction 2nd ed. [M]. London：Orbit，1993：231.

这次恐怖袭击视为历史的一个节点，是一种文化经历，作为以911事件为主题创作的作家之一，吉布森对911事件后的美国社会和文化有着独到的审视。他的《模式识别》（*Pattern Recognition*，2003）、《幽灵山村》（*Spook Country*，2007）和《零历史》（*Zero History*，2010）都是以当代生活空间为背景，和我们目前生活的世界基本相似，人物也有交叉，成为享誉科幻小说界的主要作品并登上了主流畅销榜。

作为后现代科幻小说家的代表人物和赛博朋克科幻小说之父，吉布森算得上是一位高产的作家。他对科幻文学的热爱和情缘为他的科幻小说创作提供了艺术条件。

吉布森的著作经常以未来世界为舞台，深入探讨技术与人类社会之间的错综复杂关系。在他的小说中，对人工智能、网络空间以及生物工程的深刻洞察力贯穿始终，这些主题在当今社会依旧具有显著的现实意义和预见性。通过创造一个又一个充满想象力的未来世界，吉布森不仅拓宽了科幻文学的界限，也激发了众多读者和后续作家去思考技术进步可能对未来人类产生的深远影响。

二、独创精神为小说创作指引了前行方向

纵观吉布森的创作，其科幻小说主要受到以下三个方面的影响。其一，吉布森成长于20世纪60年代，奉威廉·伯罗斯（William Burroughs）、艾伦·金斯伯格（Allen Ginsberg）、杰克·

凯鲁亚克（Jack Kerouac）等的先锋文学作品为经典，因此，他作品的主人公往往是反抗强权的社会边缘青年，小说流露出对社会的失望和反叛情绪。其二，吉布森是受到通俗文学影响的作家，尤其是雷蒙德·钱德勒的作品对他的影响较大。雷蒙德·钱德勒是著名的硬派犯罪小说作家，他的作品风格鲜明，以洗练而硬朗著称，善于描写紧张激烈的冲突场面，并且擅长在故事中设置悬念，使读者产生强烈的好奇心。吉布森在自己的作品中也展现了类似的特点，他的文风同样简洁有力，对话直接而有冲击力，能够吸引读者的注意力，并使故事充满紧张感。第三，吉布森的创作亦深受朋克音乐的影响。自 60 年代起，他便对朋克音乐产生了浓厚的兴趣。吉布森尤其喜欢被誉为朋克教父的卢·里德（Lewis Alan Reed）以及“地下丝绒乐队”的作品。朋克音乐揭示了社会表面繁荣背后潜藏的不安、混乱与迷惘。他们的曲风经常触及性、毒品、暴力等边缘话题，而吉布森的小说同样蕴含了这种音乐特有的迷幻、速度与节奏，同时融入了对命运的不满与讽刺。由于吉布森的小说多以赛博空间的故事为主题，又结合了朋克音乐的特色，所以人们将他开创的这一科幻文学类别定义为“赛博朋克小说”。此类小说“用令人迷惑的方式将理性与非理性、新与旧、思想与肉体合并，将高科技的高效率的结构和街头亚文化的无政府状态融为一体”①。它挑战的是自

① Dani Cavallaro. Cyberpunk and Cyberculture: Science Fiction and the Work of William Gibson [M]. New York: Continuum, 2000: 2.

启蒙主义以来以人为中心、以科技为中心、以物质世界为中心的意识形态。

这种小说的叙事手法往往打破传统线性时间顺序，采用碎片化、多线程的叙述方式，反映出后现代主义对于时间和空间概念的重新解读。它们常常通过角色的内心独白、意识流技巧以及超现实的场景转换，来探索人类存在的深层意义和个体在现代社会中的异化感。通过这些文学手法，作者试图揭示出在科技高度发达的今天，人类内心世界的复杂性和多样性，以及在物质文明的冲击下，人们对于精神家园的渴望和追求。

这种叙事风格的小说，通常不受传统道德和价值观念的束缚，而是以一种更为开放和包容的视角，揭示人物的多维性和复杂性。它们挑战读者的阅读常规，促使读者在阅读过程中积极思考，主动构建故事的全貌。这类小说的结构和内容往往极具实验性，它们努力消弭艺术与生活的界限，引领读者进入一个既熟悉又陌生的领域。在这个领域中，现实与幻想相互交织，过去、现在和未来彼此渗透，为读者带来了一种前所未有的阅读体验。

作为赛博朋克科幻小说的开拓者，应该说吉布森的独创精神是不言而喻的。他受传统科幻小说的熏陶后开始从事后现代科幻小说创作，但吉布森没有完全秉承传统科幻小说惯有的主题选取和叙事风格，而是通过创造性地诗化想象，对技术泛滥的近未来世界进行解构，他一直在“试图创造一个崭新的、更为简单的社会秩序”①，并以此来与罪恶或堕落的科学形成反差。詹姆逊认为，吉布森小说之所以在真实与妄想之间徘徊，是为了让读者避免把这些乌托邦式的经历看成纯粹的超现实主义，同时也强调了当代资本主义碎片式的生活方式。这样的科幻小说实际上就是把当代人们生活在个人和公众世界的双重身份以反乌托邦式的戏剧化技巧加以体现，让人们产生对当下和未来的反思。② 在詹姆逊看来，历史事实通常比小说更陌生、更深不可测、更不可想象，小说家的创造力总是离不开推断和对现实的模拟，而历史的探求可能更加远离现实。

历史学家在探索过去时，必须在有限的证据中寻找线索，重建历史，这一过程通常伴随着不确定性和主观性。詹姆逊提出，历史学家在审视历史时，应具备“历史想象力”，这种能力使他们能够超越现有的文献和遗迹，构建一个更全面、立体的历史视角。然而，这种想象力并非凭空而来，它必须建立在扎实的学术研究和批判性思维的基础之上。历史学家的职责是揭露隐藏在表象之下的真相，而小说家则享有创造一个全新世界的自由。尽管两者在创作中都运用了想象力，但历史学家的想象必须受到事实的限制，而小说家则可以自由地展开想象。

---

① McHale, Brian. Postmodernist Fiction [M]. London: Methuen, 1987: 59.

② Jameson, Fredric. Archaeologies of the Future [M]. London and New York, NY: Verso, 2005: 365.

吉布森的独创精神还体现在其小说的叙述技巧上，吉布森小说中的情节结构变化莫测，令人眼花缭乱，这种结构打破了原有的线性叙事传统，有利于读者把目光投向次情节和次人物。这些叙述并不是以常理的假设和惯常的理念为基础，而是以特别的人物观进入一个新的叙述空间之中。读者原有的文化和个人期待值在这里发生了完全的变化，新异的人类也为更新异的人类的出现提供了可能。在吉布森的小说中，几乎每个新的片段都是不同的小说或叙述形式，在读者还没有满足对一种小说或叙述形式的期待之前，就迎面碰上了另一种毫无关联的小说或叙述形式。小说充满了拼贴的艺术手法，起到了不确定性的作用，这种体系的变化和叙述情景的颠覆实为审美的一种震撼，这不得不说是吉布森的一种独创。另外，吉布森的小说也和新小说一样看中词或名称的表达能力，这些词或名称不再像先前那样有着固定的指涉，而是经常毫无预警地发生变化，让读者对词或名称的表达能力产生怀疑。詹姆逊认为，从很多当代科幻小说中，可以看出人们的阅读兴趣已经从线性的叙述转向了空间的体验。这种摆脱“个人”的科幻小说，更是对空间本身的思考。[①] 吉布森小说从“个人”历险到“群体”历险的转换，使得历险不再是某个人的事情，而是涉及全人类、全世界。赛博朋克科幻小说作为科幻文学的新文类，其特别之处不在于其

---

① Jameson, Fredric. Archaeologies of the Future [M]. London and New York, NY: Verso, 2005: 351.

时间性，而在于其空间性。现实世界和虚拟世界两种不同的空间联系在一起，既是不相关的，又不是毫无关联地拼在一起，就像拼贴一样。这恐怕也是吉布森独创性精神的有力证明。

“在科幻小说中，无论是科学因素还是文学虚构因素都会激发读者的思想感情，如果我们同意海德格尔关于可能性甚至比现实性更重要的观点，那么科幻小说就可以视为哲理文学的最卓越的形式。”① 科幻小说并非如一些读者所误解的那样，仅仅是为了展示新技术的娱乐性文体。实际上，杰出的科幻作品传递的是作者对现实世界的深刻洞察和前瞻性思考。威廉·吉布森正是这样一位持续关注人类未来命运的深思熟虑者。作为“赛博朋克小说之父”，吉布森在其作品中描绘了电脑黑客在虚拟世界中令人目眩神迷的生活，然而他本人并非计算机领域的专家。他甚至曾表示，如果他对计算机技术了如指掌，可能就不会选择科幻小说创作这条路。对他而言，他所关注的并非信息化革命的技术细节，而是这场革命将如何塑造我们的生活。诚如他在访谈中所说的：“我并不关心计算机是如何运作的，我所关心的是人和计算机之间的联系，他们是如何改变人类的行为的。”对于生活在计算机技术飞速发展的时代的我们，吉布森的小说无疑能够敦促我们重新理解现实与虚构之间的界限，从更深刻的层面反思人与自然、人与技术、人与虚拟世界、人与

---

① 麦永雄. 赛博空间与文艺理论研究的新视野［J］. 文艺研究，2006（06）：29-38+166-167.

人之间的关系。吉布森在其作品中勾勒出一个高度数字化与网络化的未来图景，挑战了我们对身份、自由和道德的传统理解。在这个世界里，信息既是权力的象征，也是控制与操纵的手段。他所提出的问题激励我们深思，在一个由算法和人工智能所主导的社会里，人类的自主性和创造力将如何得以维系。同时，吉布森也警示我们，技术的进步不应以牺牲人类情感和伦理为代价。他的小说激发了对科技伦理的深刻探讨，以及对人类在技术发展面前应承担的责任的深思。

第三章

威廉·吉布森小说中的赛博空间叙事艺术

吉布森的赛博朋克小说，有着极具特色的叙述节奏和叙述结构。在叙述节奏上，赛博朋克有着结构与反结构的张力，这也是后现代主义小说作品惯有的叙述模式。正如矩阵空间里对于数据的处理和数据蔓生的描述一般，小说中总是充满了危机后的结构与规律，以及稳定后的危机四伏和无法控制的蔓生。事实上，成型与散漫在某种程度上并不是对立的概念，而是相辅相成的现象。吉布森正是利用了这一点，在叙述结构上充分加以利用，使得小说充满了重叠感：一方面，小说文本结构中有线性的叙述，也有非线性的叙述；另一方面，小说的结构也充满了隐喻象征，使得小说文本也和科幻世界的人体一样，充满了不确定性。

第一节　空间表现艺术

威廉·吉布森的“矩阵三部曲”，亦称“蔓生三部曲”，包括《神经漫游者》《零伯爵》和《蒙娜丽莎超速档》，是科幻文学中最为引人入胜的作品之一。这三部曲以其对赛博空间的描绘而著称，为读者呈现了一个令人眼花缭乱的虚拟现实数据世界。在这个世界中，“矩阵”一词代表了一个由相互作用和紧密联系的电脑数据库构成的赛博空间，它囊括了地球上所有的信息，成为所有能够感知到这一虚拟现实的人们的共同家园，尽管大多数人对此一无所知。

“蔓生”一词则形象地描绘了赛博空间中无序蔓延的复杂性，这正是三部曲所要展现的科幻世界中赛博空间的无限可能性和不确定性。吉布森的小说不仅继承了传统科幻小说的元素，如对技术的深入描述、对人类在高科技环境下的困惑与探索，还通过主人公的冒险旅程揭示了一个又一个令人瞠目结舌的场景。此外，这三部曲还融合了后现代文学的特色，将高科技领域与黑社会的低俗元素相结合，反映了人类对高科技既依赖又抗拒的复杂情感。通过碎片化的叙事手法，吉布森展现了后现代主义文化背景下人类自我意识的迷茫与失落。

在《神经漫游者》中，吉布森创造了一个名为“网络空间”的概念，这是一个由全球计算机网络构成的虚拟现实，人们可以通过神经接口直接进入。在这个空间里，信息流动如同电流般迅速，而数据则以三维的视觉形式呈现。读者仿佛能够穿梭于这个由数字构成的迷宫，体验到一种前所未有的自由和力量。《零伯爵》则进一步拓展了这个概念，引入了人工智能和生物工程的元素，探讨了身份、记忆和现实的界限。而《蒙娜丽莎超速档》则将赛博空间的冒险推向了新的高度，主人公们在虚拟世界中的旅行，不仅是对技术的探索，更是对人类自身存在意义的追问。吉布森的笔触细腻而深刻，他不仅构建了一个充满未来科技的世界，更深入地探讨了在这个世界中人类的道德、情感和心理状态。他的作品充满了对未来的悲观主义色彩，同时也透露出对人类适应性和创造力的乐观期待。通过这些故事，吉布森向我们展示了科技与人性的复杂交织，以及在数字化时代中，人类如何在虚拟与现实之间寻找自己的位置。

《神经漫游者》讲述了在一个敌托邦的黑社会里，一位名叫凯斯的天才电脑黑客，因偷了雇主的东西，使得神经系统受到毒枝菌素的破坏，导致他再也无法通过他的大脑计算机界面进入赛博空间的全球电脑网络，即称为“矩阵”的虚拟现实数据空间。这时一个名叫莫莉的女子神秘地出现在他面前，莫莉受命于一个名叫阿米蒂奇（真实身份是科托上校，一个曾经企图渗入并破坏俄罗斯电脑体系的特工队军官）的黑社会头目，强迫凯斯加入了他的团队。阿米蒂奇答应治好凯斯，但要求凯斯为他做黑客。阿米蒂奇交给他的任务就是进入财阀特希尔·阿西普尔家族所拥有的赛博空间站“牢墙之外”的轨道空间。在执行任务的过程中，凯斯发现整个任务其实掌控在人工智能体“温斯缪特”手中，其目的就是要摆脱图灵警察对人工智能体进化的限制。凯斯用强大的破冰程序穿破图灵障碍软件进入赛博空间，这时“温斯缪特”杀死了违背他的阿米蒂奇，并直接指挥凯斯和莫莉到特希尔·阿西普尔家族的克隆女三简女士那里获得进入家族数据库核心的密码。虽然这一切受到了“温斯缪特”的同胞人工智能体“神经漫游者”的阻挠，但最终凯斯他们还是顺利完成了任务，“温斯缪特”和“神经漫游者”也合二为一，形成整个“矩阵”空间。莫莉又如来时一般神秘离去，凯斯则恢复了健康，继续徜徉在蔓生的矩阵空间。

《零伯爵》中的故事则发生在“温斯缪特”和“神经漫游者”合体七年之后。这时矩阵空间出现了奇异的“伏都神”(貌似“温斯缪特”和“神经漫游者”合体后释放出的有意识的人工智能体)。受控于“伏都神”的神秘人士找到了年轻的赛博空间牛仔波比，让他去赛博空间取回破冰程序。自称“零伯爵”的波比在遇到几乎致命的险境时，看到了一张天使般的少女面孔，继而得以保全性命。事实上，这个有着天使般面孔的少女是著名生物芯片开发者米歇尔先生的女儿安吉拉，米歇尔在他女儿的大脑内植入了特别的生物芯片，使得她无需借助任何东西就能自如地进入赛博空间。但她也引起了“伏都神”的注意。想获得永生和无所不能的世界首富维瑞克对波比要去取回的破冰程序和安吉拉的生物芯片垂涎欲滴，他借着画廊女老板玛丽去寻找艺术性的盒子，以求占有它们，却终以失败而告终。而波比和安吉拉则是有情人终成眷属。在这部小说中，最引人注目的除了引发读者无限想象的蔓生赛博空间之外，就是那些以“伏都神”形象与人类沟通的人工智能体。相比于《神经漫游者》中的“温斯缪特”和“神经漫游者”“伏都神”以类似于哥特风格的元素笼罩着整个赛博空间，也构成整部小说的主线索：“它游荡在矩阵空间，吸引了类似波比的年轻探险者，启发了类似米歇尔的生物芯片工程师，还以极具艺术个性的盒子诱惑维瑞克这种巨富，一切都在它的掌控之中，随心所欲而又只有蔓生。”

而在《蒙娜丽莎超速档》中，波比和安吉拉的故事有了结尾。安吉拉因其特异功能迅速成名，也使得她和波比最终分道扬镳。波比返回了黑社会，却因窃取具有超大容量的生物芯片“阿列夫”而不省人事，由于波比的肉身和“阿列夫”紧密相连，他的朋友吉特只好将波比的肉身托付给隐居的艺术家斯里克。斯里克偶然间发现，“阿列夫”几乎拥有矩阵空间的所有数据库，它是三简女士为自己而造的。与此同时，《神经漫游者》中的莫莉再次出现，她改名萨莉，受三简女士的胁迫绑架了安吉拉，同时将一位16岁的少女蒙娜丽莎整容成了安吉拉，并将两人带到了斯里克的工地，最终，安吉拉和波比都在火拼中丧生，萨莉占有了“阿列夫”，蒙娜丽莎取代了安吉拉。赛博空间又一次迎来了新的挑战。

吉布森的小说有着分散性的叙述线索，小说中的人物既有着生物性的本能，也有着技术性的神奇，分散性的叙述线索让读者领会到科幻世界的奇妙与不确定性。碎片式的情节在三部小说中比比皆是，它们之间的联系断断续续，有迹可循又纷繁复杂，仿若科幻世界里那复杂多变的情节一般，慢慢建构起小说的整体结构。通常，吉布森擅长弛缓相间的叙述节奏，即一方面故意延缓交代事件的内部关系，另一方面又在内部关系的关键点暴露之后，就立刻交代事件的前因后果。这种缓速与提速的技巧使得整部小说的叙述节奏抑扬顿挫，极富音乐性的韵律。《神经漫游者》中在“温特缪特”出现之前，读者感受到的只是凯斯、莫莉和阿米蒂奇之间语焉不详的关系网络，等到“温特缪特”出现后，一切便真相大白，吉布森也让特希尔-阿西普尔家族的秘密展现在读者面前，而剩下的就是主人公如何去应对这一切的危险了。主人公们的命运充满了太多的不确定性，如同那充满蔓生性的赛博空间。《零伯爵》以人物为主线将小说分成了几条线：譬如被身为生物医学专家的父亲在大脑里植入生物芯片的妙龄少女安吉拉；寻找安吉拉的年轻狂妄的电脑黑客波比；受维瑞克指使的画廊老板玛丽等等。每条线索的叙述都有许多的神秘感引起读者极大的好奇，吉布森将这些充满不确定性的情节一一摆放出来，并在叙述中不断地以碎片式的变化来进行，使整部小说充满了各种悬疑。等到接近真相的时候，读者才明白安吉拉才是这部小说的关键点。《蒙娜丽莎超速档》虽然延续了波比和安吉拉的故事，却在小说一开始就让一切回到起点，曾在《神经漫游者》中出现的三简女士和莫莉（此时更名为萨莉）也再次出现。一切似乎又将暂时稳定的局势被重新洗牌，开始了新的裂变。等到蒙娜丽莎取代了安吉拉的时候，读者才会豁然开朗，赛博空间依旧充满神秘。

吉布森分散性的叙述结构和弛缓相间的叙述节奏使得小说并不像传统小说那样有着万能叙述者的指引，对于读者来说，一切只有文中提供的线索，读者参与到这些线索的寻找中，有时也会产生错误的假定或过于匆忙的结论。而这一点，正如吉布森笔下的赛博空间一样，充满了不确定性。值得指出的是，吉布森不仅仅在整体结构上有着碎片式的组合，在每一个人物与事件的叙述上，也充满了困惑与分裂，这与他对人类记忆、肉身与科技的结合以及历史的构成等方面不确定性的叙述有着密切的关系。在吉布森的小说中，他不断表明人类记忆既不是坚不可摧的也不是可靠的。人类的记忆可以被电脑控制修改，就像《神经漫游者》中“温斯缪特”进入凯斯的记忆一样，将其中一些资料进行重组。因此，人类的记忆和对记忆的储存不再是确定无疑的事情，而是充满了疑惑和断裂的集合体而已。这种记忆的危险状况使得个人对自身身份的认同也产生怀疑，对发生在自己身上的和周边事件的叙述也充满了不确定性。赛博朋克一直强调高科技对个人记忆的不断侵犯，吉布森更是不断在作品中暗示对过去的闪避。在赛博朋克中，过去是不可恢复的，即使它能渗透到现在或将来，它仍然是不可能复原完整的。吉布森的小说结尾没有将终极秘密公之于众，或者也可以说，他的小说根本不可能揭示终极秘密，人类对过去的记忆和在此基础上对未来的展望总是有着断裂的碎片。即使在小说的末尾，暂时的危机过去了，读者还是有着怀疑和不确定的感觉。《神经漫游者》中凯斯和莫莉没有任何理由地分手了；《零伯爵》中安吉拉和波比最终所处的田园地带总是给人不会长久的感觉；玛丽一直寻找的艺术性的盒子，装满了毫无关联的引人回忆的东西。只可惜，这些和过去相关的东西，无法复原一个完整的过去。《蒙娜丽莎超速档》也是以主人公进入无边无际的赛博空间结尾，更加给人不确定的感觉。记忆对于吉布森笔下的人物来说，是始终萦绕着自己挥之不去的，却又无法明晰的一切。

记忆的不确定性和吉布森对于人类肉身和科技之间的结合的想象有着不可分割的联系。社会学家布莱恩·特纳（Bryan Turner）认为人类的肉身有着诡异、隐喻性和存在某些遥不可及的东西，在吉布森的小说中，这种感觉可以从高科技对肉身的改造中表现出来。人们凭借记忆和想象进行的叙述充满了各种可能性，比如在《神经漫游者》中，凯斯的叙述让人分不清过去与现在、事实与幻想，对于他的前任女友琳达的叙述就是一个典型的例子。《蒙娜丽莎超速档》里更是强调了在电脑科技控制下人类的性状态，人类的本能受到干预，仅凭对各种故事和经历进行编辑，来满足个人的想象，其叙述也必然充满了各种随意性和突发性。吉布森一直强调高科技下人类肉身与记忆所受到的压制，他笔下的黑客牛仔和赛博空间的追逐者们一方面试图寻找自己往日的足迹，另一方面也无奈地接受无法找回过去的现实而徘徊在未来的迷茫中。特希尔–阿西普尔家族利用克隆技术和基因重组操控保存其家族的神秘力量，作为克隆身份的三简女士的一切都控制在父辈血缘的迷宫之中，虽然背负着父辈的重托，却也无法确定自己的过去与未来。

赛博空间，在吉布森的描述中，是一个由电子构成的虚拟世界，它类似于一种电子产生的幻觉。在这个世界里，人们体验到的不是传统的视觉图像，而是通过某种电子迷幻药般的体验来感知周围环境。这个虚拟空间被描绘成一个三维的格子结构，就像笛卡尔坐标系一样，充满了不断变化的几何图形。在这个赛博空间里，人们通过一种不同于现实世界的感官方式来"感觉"到事物的存在。"赛博空间。一种交互式幻象，全世界每天都有数十亿合法操作员和学习数学概念的孩子在体验……一种图形演示，数据从每个人体系统的电脑存储体中提取出来。难以置信的复杂。一条条光线延伸在意识、数据簇和数据群交汇的非空间中。像城市的灯光渐渐远去，模糊……在他脑中深邃的黑暗里，银色的闪光幻象从空间边缘翻滚而来，催眠图形像看似随意剪辑起来的电影一般闪过。符号、人影、脸孔，一个破碎的模糊不清的视觉信息坛。现在——一个灰色圆盘，像千叶的天色，现在——圆盘旋转起来，越来越快，变成一个浅灰色的球体，开始变大——在流动，为他而流动，像流畅的霓虹灯般，故乡、祖国在眼前一一展开，一切都像透明的 3D 棋盘向无限的空间延伸。”

在吉布森小说中所描绘的矩阵世界里，60、70 年代的反文化精神与 80 年代新兴的计算机文化相结合，反映了当时人们在两个边缘世界交汇处的复杂情绪。这种结合吸引了那些沉迷于电子空间的嬉皮士和新兴的电脑工程师。尽管当时的电脑技术人员没有预料到电脑和网络技术会如此快速地普及，人们对于“年度机器”的担忧也随着 90 年代资本主义经济模式的转变而消失。如今，人们已经习惯于与电脑系统互动、使用软件、适应各种界面，并在信息的海洋中畅游。席卷全球的网络化趋势把现代世界的“祛魅”过程推向了高潮，并把我们未来的生活世界纳入了虚拟化场域之中，一个基于计算机维度的模拟现实，或者说“超真实”的出现模糊了真实和虚拟之间的绝对界限，随着电脑和网络技术的发展，越来越多的人开始通过电脑屏幕体验这种虚拟空间。虽然这个虚拟空间是看不见的，但人们能感觉到它的真实存在，并与现实生活紧密相连。吉布森在早期对赛博空间的描述可能显得有些夸张，但随着技术的进步，这种虚拟现实已经成为日常生活的一部分，变得非常具体和生活化。

然而，这种虚拟实境并非完全脱离现实，它与我们的日常生活紧密相连。通过网络、虚拟现实设备和增强现实技术，人们能够体验到一个与现实世界平行的数字空间。在这个空间中，信息流动的速度和广度远远超越了物理世界的限制，人们可以即时访问全球的知识库，与世界各地的人进行交流，甚至在虚拟世界中创造全新的身份和生活。这种技术的进步不仅改变了人们的娱乐方式，也对教育、工作、社交乃至政治活动产生了深远的影响。

第二节　非线性碎片化叙事

吉布森在其小说中创造了一个名为“矩阵”的虚拟空间，这个空间是混乱且充满跳跃感的，充满了逼真的幻象和抽象的数据网状结构。吉布森强调了这个虚拟空间——赛博空间的特性，即它能够超越物理世界的限制，实现穿越和连接。而斯蒂芬森（Stephenson）在其作品中描述的超元域（Metaverse）则有所不同。斯蒂芬森没有将超元域描绘成一个无所不能的电子恶魔式宇宙，而是将其比作一个用文学语言构建的虚拟人生软件。超元域遵循程序设计的原则，从幻想空间转向现实空间，使得虚拟世界与物理世界之间的关系变得像电脑界面上窗口切换一样简单。对于那些沉迷于角色扮演游戏的人来说，现实世界只是众多窗口中的一个，而虚拟世界则是一种“超真实”的存在。对于熟悉网络的读者来说，超元域就像一个与现实社会平行的世界，它既依赖于人们的日常经验，又与之有所区别，大街仿佛是一条通衢大道，环绕于一颗黑色球体的赤道之上，街道闪耀着如同百老汇般的光芒，周围充斥着人们所熟知的元素：街区、有轨电车、电话亭等。尽管超元域的天空和大地被黑暗所笼罩，但一旦开发，它将如同街道般繁荣。此外，为了保持这个世界的象征意义，协议要求人们必须以虚拟化身的形式参与其中，而个人的技术和配置则决定了他们在其中的社会地位。另一方面，超元域成了五大洲居民的狂欢乐园，它实质上是一个以议题、共识与认同感为基础建构的虚拟社会空间，展现出一种强烈的愿望，旨在解构现行的社会和文化结构。在那里，常识与共识背后潜藏的差异性得以最大程度地揭示。此外，包括广告在内的媒体信息，也利用超元域这一天然的传播平台，在其中广泛传播，杂乱风格、不连续意符、琐碎部分的拼贴、艺术品位的雅俗部分与大量复制。

吉布森对人类记忆不确定性的强调也暗指了其对历史的疑惑与质疑。由于人类记忆本身事实性受到质疑，历史便也成了一种备受压抑的构想。作为反映过去事件并记录和储存的历史，是建立在对个人记忆压迫和改变的基础上的，所谓官方的事实版本，其真实性仍然是不确定的。在吉布森的笔下，所谓历史，就是由非真实的肉身对充斥着无生命残余的空间进行的虚构性再创造。《零伯爵》里世界首富维瑞克派去的人用数字模式侵入生物芯片专家米歇尔的记忆时，他如同从噩梦中醒来。这种神奇的感觉往往来自对表面熟悉和正常的事物产生的恐惧与焦虑。米歇尔的女儿安吉拉，在感觉到自己身处不确定的环境或有潜在危险的环境时，会对自己经受过的创伤更加敏感，产生神奇的幻觉。她的记忆早在父亲在其大脑植入生物芯片的时刻，就有了特别的功能。她的记忆不再只是个人的记忆，而是更多的具有神奇效果的赛博空间的轨迹，令人压抑、迷茫，又吸引着读者的模糊概念。由此，赛博空间虽然是非物质性的感官空间，却并不因为其技术特性而引人注意，反而是其展现出来的对记忆的侵蚀、对极具美学特色的令人眼花缭乱的数据束的游戏，构成了主人公对于历史的不确定性的判断，丧失了个人识别码。也正是基于个人和集体经验的神奇感，历史充满了个人心理暗示和拷问，吉布森颠覆性地夸大了传统现实主义叙述结构中避免的因素：即一切抑制的、模糊的概念。这些概念在赛博朋克中通过对个人记忆的改造，得到了极大的发挥。萦绕的空间、死亡的恐惧、疯狂的暗示、不祥的征兆等等或隐或现地穿梭于赛博空间，现在、过去、将来都交织在赛博朋克中，陷入了无尽的矩阵空间。

在这个由虚拟与现实交织构成的世界中，赛博朋克勾勒出了一个科技高度发展，社会阶层分化严重的未来图景。在这个时代，人们通过网络紧密相连，享受着超越肉体束缚的自由；然而，他们也必须面对身份丧失和隐私泄露的威胁。赛博朋克作品中的角色经常在追求技术革新与保持人性之间摇摆不定，这体现了对科技进步可能引发的伦理道德挑战的深入探讨。

作为赛博朋克这种科幻子类的创始人，吉布森对于同时代的其他科幻小说家的影响很大。许多批评家曾指出，他的作品和早期革新的科幻小说家有许多契合之处：如阿尔弗雷德·贝斯特（Alfred Bester）的早期小说、菲利普·迪克（Philip Dick）的中期小说以及塞缪尔·德兰尼（Samuel Delany）的《新星》（Nova，1968）。除此之外，吉布森也从威廉·巴勒斯（William Burroughs）和J. G. 巴拉德（J. G. Ballard）那里汲取了碎片和异化影像快速涌入的特点。同样他也从科幻小说领域之外的地方获得了灵感，如达希尔·哈米特（Dashiell Hammett）的强硬派写作，20世纪40年代的黑色电影（flim noir），罗伯特·斯通（Robert Stone）的小说，摇滚音乐家路·瑞德（Lou Reed）作品中过于紧张和梦魇般的都市场景与节奏，以及托马斯·品钦（Thomas Pynchon）小说中繁杂的科学、历史、流行文化、嬉皮术语和黑色幽梦等等的大集合。他所展现的赛博朋克的主题理念、创作技巧和对传统科幻小说的更新都使得科幻小说作为一种文学类型，得到了又一次崭新的亮相。相比于其他的后现代科幻小说作家，吉布森的地位更加具有开拓性，也为我们了解其他极具个性和特色的科幻小说家提供了前提和基础。威廉·

吉布森以其独特的赛博朋克风格而闻名遐迩，他不仅创造了“赛博空间”这一概念，还深刻地描绘了信息技术与人类意识的交汇融合。他的小说通常设定在一个高科技与低生活水平并存的未来世界，深入探讨了技术对社会结构、文化形态以及个体身份的影响。吉布森的文学贡献远远超出了科幻领域，他的作品对现代文化、艺术乃至科技发展产生了深远的影响。

第三节　反英雄叙事

陀思妥耶夫斯基研究泰斗约瑟夫·弗兰克（Joseph Frank）指出，传统史诗英雄早已过时，但是却鲜有批评家致力于研究早已经存在的反英雄。自维克多·布罗姆贝特（Victor Brombert）出版《反英雄颂》（*In Praise of Antiheroes*，*University of Chicago Press*，2001），十多年过去了，情况仍然尚未得到明显改观，尽管互联网上出现了一些关于反英雄的研究，但大部分都出自业余评论者之手，弗兰克的话并不是在危言耸听，对文学作品中的反英雄研究确实亟待引起评论家们的重视，不仅仅是因为反英雄叙事在西方文学作品中屡见不鲜，更是因为反英雄或者平民英雄更能让我们重新思考我们的价值、更能让我们审视我们如何看待或者想看待我们自身。因为他们作为一种特定文化背景下的产物，给我们提供了一种独特的视角，对人性看得更深更透。只是反英雄给人们带来的这种思考和认知和文学作品中的英雄给我们带来的示范是不一样的，因为对反英雄的刻画一般都是与英雄的刻画相对的，他们的形象和行为往往会给读者带来不适，会破坏我们对这个世界和自我的原有认知。虽然反英雄们的身上有诸多消极的特征，但是这些又反过来更好地促成一种成长与成熟。他们在很多维度都有着不同的特点，因此，可以说，他们是一种特殊的原型。卡尔·荣格（Carl Jung）在他的《人及其象征》中提到，“原型”以神话角色的形式，存在于全世界人类的集体潜意识中。它体现了我们进化过程中一些基本的人类形象，这些原型也很自然地，能够唤起人类深层次的感情和体验。萨尔瓦多·马迪（Salwatore Maddi）指出，尽管原型是一种普遍性的模式或模型，本质上也是无意识的，但是他们以意象或隐喻的方式，回应着我们的意识体验。这正是吉布森“矩阵三部曲”小说中主要人物的刻画方式。

吉布森的小说显著地展现了英雄主义情结的复兴，正如布鲁斯·斯特林所描绘的那样，威廉·吉布森小说中的英雄终结根斯巴克式的科幻叙事传统，其描写的主要人物不再是那些待在象牙塔里的专家政治论者，那些人总是以上帝的姿态将近乎超自然的科学技术恩赐给人民。在威廉·吉布森的小说中，我们会发现自己置身于街头巷尾，置身于生存必须汗流浃背、拳头紧握的环境中，在这里，你会发现高科技只是一种无处不在的背景噪声。

在西方文学的发展历程中，主人公的形象经历了显著的演变：从古希腊神话中的众神，到浪漫主义时期的英雄人物，最终转向现实主义文学中普通人的形象。但是只要是社会动荡时期，人们对英雄主义的渴望与呼唤，就一直没有停止。从公元8世纪的贝奥武甫，到十二世纪的圆桌骑士和亚瑟王，再到十二世纪中叶的罗宾汉，以及中国的《水浒传》中的梁山好汉，这些故事和角色都体现了人们对于英雄的崇拜和向往。这些英雄形象各有特点，但共同点在于他们都是为了正义、勇敢地与恶势力作斗争，不惜牺牲自我，具有极高的道德情操和英雄气概。

在16和17世纪的文学作品中，涌现了一批勇敢挑战权威、追求自由与理想的撒旦式英雄形象。他们以反叛者的姿态现身，挑战着当时社会的道德和宗教规范。这些英雄形象通常被描绘成拥有非凡的智慧和力量，尽管他们的行为颇具争议，却也映射出人们对个体自由和反抗压迫的深切渴望。在这些文学作品中，撒旦式的英雄成了探讨人性复杂性和道德边界的一个象征。甚至在二十世纪以后，海明威通过小说《老人与海》，也塑造了一位与自然抗衡的悲剧英雄，在文学史上留下浓重一笔。二十世纪六七十年代以来，伴随物质文明的高度发达，大量的权利与金钱集中在少数人手中，人进一步被物化与异化，面对生活的压力与生存的困境，随着现代文明代价的日益凸显，人们开始深思其影响。在这一背景下，文学作品愈发倾向于探讨个体与自然、社会之间的关系。作家们通过塑造多样化的人物角色，揭示了人类在自然界的微不足道，以及在社会洪流中的奋力挣扎与抵抗。这些作品不仅映射出作者对时代的敏锐洞察，也促使读者对生命的意义和人类的境遇进行深刻的反思。

吉布森擅长通过描写小人物的英雄主义，来展现网络时代背景下的英雄形象。在吉布森的作品中，英雄们为了追求自己的梦想和理想，不畏强权，勇往直前。他们代表了信息时代普通人的生活梦想和状态。在小说《虚拟偶像爱朵露》中，吉布森探讨了现实世界与虚拟世界的交融，以及这种交融对人类生活的影响。小说讲述了摇滚歌手雷兹与虚拟偶像东英零的婚姻，这个设定挑战了现实与虚构的界限，并引发了关于爱情和阴谋的猜测。小说通过两位主角科林·莱尼和琪雅·麦肯基的视角，展现了他们各自独立但又相互关联的调查过程。故事中，作者巧妙地将线索一分为二，让读者从不同角色的视角感受故事的发展。最终，两位主角虽然没有见面，但都完成了各自的使命，揭露了真相，并对这个扭曲的社会提出了质疑。

在《差分机》中，作者通过三个不同的章节分别讲述了三个主人公的故事，展示了他们各自的英雄主义行为。在第一章中，描述了一位名叫比尔西的女子，她原本是一个普通的风尘女子，但因缘际会卷入了一起重要的“差分机”程序卡片失踪案件，并表现出了非凡的坚韧和智慧。真实历史中的“戈利亚德天使”指的是弗朗西斯卡·阿瓦雷兹，她在历史上的真实事件中保护了许多战俘，因此被称为“戈利亚德天使”。威廉·吉布森在小说中将比尔西比作“戈利亚德天使”，表达了对她英雄行为的赞扬。在第二章中，主人公是一位名叫马洛里的地质学家，他在一次赛马中遇到了绑架“差分机”女王埃达·拜伦的事件。马洛里出于对埃达的崇拜和历史使命感，不惧牺牲自己，独自调查这一事件。小说中还穿插了马洛里平凡生活的描写，展现了维多利亚时代的平民生活。到了第四章和第五章，第三位英雄——情报官奥利芬特登场，他冷静且具有独特的见解，整合了前两位主人公留下的线索，最终理清了整个事件的来龙去脉，随后，故事转向了地质学家马洛里，他在一次赛马中偶然遇到了绑架“差分机”女王埃达·拜伦的事件。马洛里出于对先进理念的崇拜和历史使命感，勇敢地进行调查，不惜牺牲自己。小说通过描写马洛里的日常生活，不仅表现了他的英雄主义，还描绘了维多利亚时代的普通生活。最后，小说的第三位英雄是情报官奥利芬特，他冷静且有独到的见解。在前两位主人公的基础上，奥利芬特成功地将事件的来龙去脉梳理清楚，化解了可能引发的社会政治灾难。小说通过三个不同的主人公，展现了在特定历史背景下，小人物如何通过英雄主义行为影响历史的进程。

作者对“平民英雄”主义的描绘也体现在其不屈不挠对抗强权的精神上。在小说《整垮珂萝米》中，展现了一个财富集中导致社会不公的世界，其中财富集中在少数人手中，而底层的平民甚至连基本生存都难以保障。主人公是一位普通的网络牛仔，在好友博比的协助下，成功攻克了金钱垄断财阀珂萝米的“冰墙”。最后，作者轻描淡写地写道“我们把珂萝米存在苏黎世账户上的资金分给了十来个全球慈善机构。这笔钱的数额太庞大了，不可能全留给我们自己。但我们知道，要干就要干彻底，必须把她彻底整垮”。整个冒险故事洋溢着劫富济贫的“平民英雄”主义色彩，构筑了一幅网络时代的平民英雄神话图景。

吉布森小说中刻画了一系列反英雄原型，通过这些反英雄，吉布森给我们呈现了一个看上去黑暗、邪恶和反乌托邦式的世界。吉布森的小说中所描写的反英雄是多层面的、复杂的，又是普世性的”。他们产生于当今的符码时代，数码信息技术、万维网、基因工程、人工智能方兴未艾，而非之前科幻小说中展现的机器人、太空飞船和原子能时代，他们带领我们领略的是一个可触摸、可辨识，但又令人感到痛苦和困惑的近未来世界。他们向我们描述了一个现代困境，人们在一个无法给他们答案的世界里找寻人生的价值。他们在赛博空间里听从人工智能指令，同时又要追求内在精神的皈依。他们高度紧张，焦虑，孤独，充满了犯罪感和恐惧感。他们有着都市人的市侩与精明算计，对已有的体系（极权社会）充满了怨怼和激进行为，所以他们又是边缘的异化人群。相比维持一种真实的人际关系，他们更为超越肉身的欢娱和幻想所迷惑。通过他们，吉布森激起读者们去审视现实与虚拟之间的关联与取舍。他将读者引入电脑屏幕之内，赛博空间之中那个三维立体世界。为了实现这个目的，吉布森在他的小说中，他让主人公们的肉身通过人工智能改造，进行基因重组和重新编码，通过新型毒品、地下手术室、芯片移植等技术性手段，成为一种新型物种。

作为原型人物，吉布森笔下的反英雄们有着明显的特征，其中最为显著的是他们的反主流和异化性。与其他文学作品中的反英雄相比，吉布森小说中的反英雄人物是不一样的，他们更适合贴上的标签是“朋克”。吉布森笔下的主人公们，同时也包括小说中的大部分人物，都算得上是技术主宰世界里的异化人，在赛博空间之外，他们靠买卖毒品，窃取数据来挣取自己的高额芯片移植手术费用，其后又通过空间操控台逃离现实空间。人与人之间已经毫无温情可言，随时是背叛者或者被背叛者，冒险家和赌徒，时刻处在高度紧张和危险之中，但同时，他们因为互不信任，又是孤独者和猜忌的受害者。整个世界就好像是一个社会达尔文主义实验，无聊的实验设计者不断按着快进键，让它变得混乱而疯狂，在为了权力和金钱而活的表面之下，是他们的无助，撕心裂肺和对人性中真善美的渴望。他们存在于他们那个时代文明和文化的边缘。他们身上所体现出来的种种特征就是他们所处的那个异化了的时代所赋予的，那个时代也是他们集体无意识和主体困境的根源所系。

在吉布森的小说中，极权公司的权力和染指力可以说是大到极限，它超越了传统的国家边界，视法律、道德、伦理于无物，而被吉布森称之为“肉类”的人，则是如同物体一般，可以在市场随意售卖，价格高低，全凭其能给极权公司带来多少利益。几乎在所有的小说中，吉布森都极力去渲染和烘托极权公司的残酷和人在其中的渺小和无助。这些公司主宰这个世界，人在这个世界里处于边缘，他们挣扎着想要生存下去，却发现他们所面临的却是无休无止的被利用，被压榨。比如在《神经漫游者》中，凯斯和莫莉就被一个叫阿米提格的人雇佣和控制，而后者又受雇于更大的极权公司，冬寂。正如他的名字 Case 暗含 en-cased（被包裹，被囚禁之意），凯斯在《神经漫游者》和《零伯爵》两部小说中都被极权公司或老板雇为网络牛仔，凯斯作为一个网络牛仔，被极权组织发明的赛博人，一个借由网络操控台进入赛博空间窃取数据和情报的黑客，买家和卖家的中间人，在一个充斥着极权的罪恶生态系统里，靠着谎言和背叛给自己圈出了一小块不大牢靠的生态位，混得一夜是一夜。《零伯爵》和《蒙娜丽莎超速档》中主人公也讲述了同样的故事，凯斯是吉布森笔下一个典型的反英雄，但他又有着和其他人物不同的一面。在小说的开始，他是边缘人，被技术异化了的受害者，与周围的一切人和事都格格不入，在别人的眼中，他是个赌徒，又是个极端危险分子。但是在帮助冬寂完成任务的过程中，他开始慢慢地觉醒，在任务即将完成的时刻，他开始认识到，原来冬寂这个人工智能才是幕后的操盘手，控制着他的整个人生，甚至整个现实世界。而他真正渴望的是人性，是永生，是一种追求，一种解放自我，回归自我。最后，凯斯对冬寂说，“我不需要你”，表达了自己强烈的内心渴望和想要改变，想要完成由异化到主体重塑的愿望。

不管如何，正如维克多·布罗姆贝特盛赞过去一个半世纪西方文学中的反英雄一样，读者们对于吉布森笔下的反英雄也是赋予了同情甚至是喜爱的，因为他们对于固有的或颠扑不破的价值体系予以实质性的挑战和怀疑。布罗姆贝特认为，反英雄对我们既定的价值体系的背叛，对我们进行自我反思意义是深远的。布赖恩·斯德伯弗德（Brian Stableford）一针见血地指出：“关于未来的文学意向和表征恰恰是我们对于我们现世生活态度和行为的有意义的表达。”

吉布森的作品展现了与传统文学中英雄形象截然不同的“反英雄”叙事手法。这些“反英雄”角色往往出身平凡，没有显赫的社会地位或财富，与传统英雄的高贵形象形成对比。他们可能是社会边缘人物，如风尘女子、宅男、网络专家、黑客等，这些角色在日常生活中并不被看作英雄。然而，尽管他们有着各种缺点和人性的弱点，却能在关键时刻做出英勇的行为，解决困难，维护了人性的尊严。这反映了网络时代对英雄定义的重新解读，英雄不再局限于特定的阶层或身份，而是在普通人中也可能出现。

然而，他们所面临的挑战和困境，往往比传统英雄所面对的更为现实和严酷。在吉布森的笔下，这些反英雄角色凭借自己的智慧和勇气，以及对技术的精湛掌握，展现了在现代社会中生存和斗争的新途径。他们的故事不仅仅是对个人能力的颂扬，更是对个体在社会中地位和角色的深刻省思。通过这些角色，吉布森探讨了身份、权力和道德的边界，以及在数字时代中，人们如何重新界定英雄的定义。

第四章
威廉·吉布森科幻小说中的赛博空间书写意义

休谟曾经指出，一切科学都与人性有关，对人性的研究应是一切科学的基础。吉布森的赛博朋克科幻小说探讨了科技发展对人类社会的影响。这些小说紧密贴合当前的科技现实，特别是强调了科技的现代化和网络信息化如何在改善人类生活的同时，也对人类产生了控制和影响。小说展示了技术进步如何既推动了社会的持续发展和完善，又可能导致技术超越人类的控制，甚至取代人类的权力。在赞扬科技带来的积极变化的同时，吉布森也对科技可能带来的极权统治和人类自我价值的丧失表示担忧和反思。

第一节 赛博空间的后现代表征

威廉·吉布森是科幻小说领域中非常重要的作家之一，他之所以成功，是因为他创造了一个独特的科幻世界。吉布森的科幻世界以信息技术为根基，他不仅将计算机科学中的时空观念融入小说，还创造了“赛博空间”这一新概念。赛博空间是一个由电脑网络构成的虚拟现实世界，让读者能够想象在一个由数字信息构成的宇宙中生活。此外，吉布森还将当时最新的科学技术，如人工智能和基因工程，巧妙地编织到小说情节之中，使得小说的科技背景显得非常前沿和真实。他不仅关注科技，还关注未来社会的政治和经济结构，以一种前瞻性的视角来构建未来世界。通过这些创新，吉布森为后来的赛博朋克文化奠定了基础，使他成为这一文化流派的奠基人。

一、技术恐慌

随着第三次科技革命的展开，信息技术、新能源技术、新材料技术、生物技术、空间技术和海洋技术等诸多领域的信息控制技术，纵观人类发展的规律。美国资深互联网研究者约翰·佩里·巴洛深入研究了吉布森的赛博空间并将其空间思想作了拓展性的阐述，在巴罗看来，“赛博空间”从严格意义上来说，既是一个虚拟世界，又是一个现实世界。说其是虚拟世界，是因为这个空间是计算机互联网背后的虚拟空间，是一个由矩阵架构的虚拟环境，计算机、调制解调器、全息影像、传感器、拟感装置等这些实体关系被矩阵当中的非实体性所取而代之。然而另一方面，赛博空间又常常被视作一个看得见和摸得着的公共空间，虽然技术上的一种意识模拟（麦克卢汉），牛仔（黑客）们出入赛博空间的目的都是与现实生活休戚相关的，空间体验虽然是虚拟的，但是它却又是一种承载像凯斯、科尔托、特纳、波比、玛丽等牛仔们自我意识的一个中间媒介，与他们融为一体。

著名计算机与互联网专家霍华德·莱因戈德认为，赛博空间，毫无疑问，囊括了一种在某种程度上与现实世界相统一的虚拟现实。赛博空间技术的物理现实性在军事、商业等诸多领域的使用中得到了发展和体现。它的未来走向和发展直接影响着现实世界中的政府决策、军事战略等方方面面。正如美国“赛博格”文化研究者唐娜·哈拉维在她的《赛博格宣言》中所说的：

> 我们是一个机器与生命体的混合，一个现实的创造物，也是一个虚构的创造物……是生物体与控制技术的混合。一言以蔽之，人人都是赛博格。[①]（参考《赛博文化的关键概念》中的翻译）

在哈拉维看来，赛博格既存在于虚拟世界，又存在于现实世界，它在技术世界、想象世界和经验世界中来回切换。

翻开吉布森的小说，到处都能让读者感受到信息技术进步

---

① 翻译参考自大卫·贝尔等编著．赛博文化的关键概念［M］．郝靓译．北京：北京大学出版社，2020.

给人类带来的影响，假肢、人造麦色肌肤、拟感装置、神经拼接术、移植人（移植器官，芯片等从上到下、从内到外的移植）、克隆杀手、凌驾于法律之上的极权公司、地下诊所、数字空间、数据网、无色的虚空、网络牛仔等等；牛仔们联通网络空间的操控台，进入那张矩阵巨网和超越肉体的网络空间之中，就能让意识瞬间脱离肉身，投射入一种同感幻觉，通过入侵赛博空间，黑客们盗取数据，艰难维持生计；植入系统、神经拼接和微仿生，吉布森笔下的城市，如大到纽约、巴黎、东京，小到巴瑞城（加拿大）、千叶城（日本），到处充斥着全息影像和全息技术，但又毫无生气，就好像是一个社会达尔文主义实验室，百无聊赖的实验设计者不断按着快进键，仅仅是为了让它变得混乱而疯狂，飞速发展的技术必须有无法无天的地方才能发挥功用，城市只是为了技术本身所特地留出的一片无人监管区。城市里人来人往，人格裂变，一切都是一种编码，充斥着毒品与高压，充斥着植入体与赛博人，在《神经漫游者》中，凯斯作为一个网络牛仔，一个系极权组织发明的赛博人，一个借由网络操控台进入赛博空间窃取数据和情报的黑客，买家和卖家的中间人，在一个充斥着极权的罪恶生态系统里，靠着谎言和背叛给自己圈出了一小块不大牢靠的生态位，混一天是一天；朱利斯·迪安医生通过重设 DNA 密码，可以轻易让很多人男女莫辨；而且在吉布森的小说中，人的姓名不过是可有可无的代号，很多人物更是连名字都没有，比如用芬兰人、亚美尼亚人等来称呼。网络是蛋白质环环相扣而成的各种细胞机能，整个城市是一片数据的田野，每个人在高速的漂移滑动之中，既入世又疏离，身边到处是飞舞的数据与信息，还有由数据构成的肉体，这样的城市只适合想下地狱的人；小说中的主人公们长期大多居住在廉价旅馆的棺材屋，长久生活于技术异化带给人的焦虑之中。在这个赛博空间之中，每个赛博人几乎都是透明的，他们毫无隐秘可言，更无情感可言，人人仿佛都戴着一张面具，毫无表情，异化的性爱、物理空间与网络空间的交织，搏击场上人如牲畜一般成为逗乐的工具，大街小巷、酒吧、旅馆等等无一不透着颓废和衰败；千叶城，在吉布森看来是世界缩影与杂糅，黑人与白人、东方人与西方人、艺术家与罪犯共处一城、战争、毒品、黑与白、明与暗、人性的善与恶、文明与粗鄙、高级趣味与低级趣味同时存在。正如狄更斯在《双城记》中所说的：这是一个最好的时代，也是一个最坏的时代；这是一个智慧的年代，这是一个愚蠢的年代；这是一个信任的时期，这是一个怀疑的时期。这是一个光明的季节，这是一个黑暗的季节；这是希望之春，这是失望之冬；人们面前应有尽有，人们面前一无所有；人们正踏上天堂之路，人们正走向地狱之门。在这个最好的时代，信息技术极度发达，说它是一个最坏的时代是因为无政府主义导致的混沌，跨国集团和极权组织的资本盘剥，导致娼妓、骗子、毒贩、杀人犯横行，人性的异化，暴力横行，身处生态链顶层的人唯利是图，处于底层的人则朝不保夕，像曼哈顿、亚特兰大这样的大城市都成了赛博空间的符码，吉布森笔下的网络牛仔们从一个陷阱掉入另外一个陷阱，人潮汹涌，如风吹草动，肉身的流水里偶有欲望激发的漩涡，在满足后流去或在不满足后逝去，一切都很诡异，诡异的技术、诡异的空间、诡异的人。

人们以颓废、放纵的生活方式来表示自己对非理性和异化的抗议，他们有种奇怪的集体焦虑，吉布森用夸张却又写实的超现实手法，将赛博空间芸芸众生的欢乐与痛苦，可笑与可怖，柔情与残酷，荒诞古怪与一本正经糅合在一起，从而使读者对近未来世界有着更深层的预见和认知。吉布森的笔法远不止于描绘赛博空间的表象，他深入探究了在技术飞速发展背景下的人类心理状态和道德困境。通过构建赛博空间这一虚拟世界，他提出了关于身份、自由意志以及人类本质的深刻哲学思考。在这样的叙述框架下，读者被引领去反思现实世界中技术与人性的相互作用，以及在数字化浪潮中个体如何维护自我认同。吉布森的叙事手法不仅为科幻文学领域注入了新的活力，也为探索未来社会提供了广阔的想象空间。

在威廉·吉布森的小说中，除了描绘了一个虚拟与现实交错的数字化网络生存世界，还展现了未来人工智能与基因工程的领域，这些新颖的元素为读者带来了前所未有的阅读体验。人工智能与基因工程在维基百科中的定义如下：人工智能（Artificial Intelligence，简称 AI）有时也称作机器智能，是指由人工制造出来的系统所表现出来的智能。通常人工智能是指通过普通计算机实现的智能。该词同时也指研究这样的智能系统是否能够实现，以及如何实现的科学领域。一般教材中的定义领域是“智能代理（intelligent agent）的研究与设计”，智能代理是指一个可以观察周遭环境并作出行动以达至目标的系统。人工智能之父——约翰·麦卡锡于1955年的定义是制造智能机器的科学与工程。基因工程，亦称遗传工程，涉及运用DNA重组技术将目标基因与载体DNA在体外进行重组。随后，这种重组DNA分子被引入受体细胞，并促使其增殖和表达。随着人工智能和基因工程技术的融入，威廉·吉布森笔下的科幻世界变得更加多姿多彩。接下来，本文将探讨威廉·吉布森作品中人工智能与基因工程技术所构建的世界所具有的独特特征。

首先，其具有平凡性。人工智能和基因工程均属于现代科学技术的尖端领域，吉布森在其作品中描绘的人工智能与基因工程技术世界，其显著特征在于将这些前沿科技无缝融入人类的日常生活中，从而使其变得平凡无奇。这种处理手法为文本注入了一种独特的反差美学。在威廉·吉布森的小说中，人工智能与基因工程的专业术语频繁出现，如“模式识别”“硬编码”“单克隆抗体”“冰墙”等，这些技术性词汇将读者直接带入了科幻的世界，使读者感受到文中的高科技就如同日常生活中的饮食饮水一般自然。例如，在一部看似描述爱情故事的小说《新玫瑰旅馆》中，主人公的一份普通的超市购物清单上竟然出现了一套集成琼脂糖槽和透照器的电泳系统、一套组织包埋设备、一台高效液相色谱仪、一个流式细胞仪、一个分光光度计、四根硼硅酸盐闪烁管、一台微量离心机、一台有内置电脑并预装了程序的DNA合成仪等专业仪器，然而，这些高科技仪器在文中甚至被描绘得如此平常，以至于它们与“一台冰箱”并列书写。江苏文艺出版社在2013年出版了《神经漫游者》的中文版，在这次翻译中，翻译人员没有在文本中添加注释来解释高科技名词，这样做是为了避免打断读者的阅读体验。吉布森在书中构建了一个世界，在这个世界里，即便是社会最底层的人也能接触到高科技，比如人工智能和基因工程。这些技术不再是只有金字塔顶端的精英阶层才能接触和理解的，而是已经普及到普通人的日常生活中，成为他们生活的一部分。

其次，技术世界的残酷性。在作者的笔下，人工智能与基因工程的世界充满了残酷，而非美好。这一特点不仅反映了作者对科技发展的深刻反思，也向我们发出了对人类违背自然规律、不当利用科学技术现象的警示。在《神经漫游者》中，最大的反派“冬寂”是人工智能科技的产物，它诞生于电子计算机程序之中，先是改造了阿米塔奇，使其丧失记忆，随后威胁凯，要求其完成任务，似乎预示着人工智能有控制人类的企图。作者通过塑造“冬寂”这一人工智能形象，传达了对科技发展可能带来的隐患的担忧：人工智能这一科学技术原本是为了服务人类社会，但发展到一定阶段，可能会脱离人类的控制，甚至反过来控制人类，引发恐慌，对人类社会构成威胁。对于基因工程技术，作者同样抱有类似的忧虑。在小说《内陆》中，主人公托比就是基因工程的牺牲品。为了寻找外星碎片，人类派遣了无数宇航员进入危险的太空，而这些宇航员都是通过基因工程技术制造的“替身人”。在故事的最后，托比发现自己也是“替身人”的真相，他的内心顿时陷入黑暗。作品从社会学和心理学的角度，警示了基因工程在为人类带来利益的同时，也可能导致道德的沦丧。在小说《整垮珂萝米》中，掌握着巨额财富和权力的财阀珂萝米，甚至将基因工程用作武器，文中写到“她那张脸蛋倒是漂漂亮亮，光滑得像钢铁。但那双眼睛肯定来自大西洋海沟最深处，冰冷的灰眼睛，活在可怕的压力之中”①。珂萝米擅长运用基因工程技术，甚至能独创性地设计出特定的癌症变种，用以对抗那些与她为敌的人。她致力于研究最复杂、最精细的癌症类型，这些癌症能在人体内潜伏多年，最终悄无声息地导致死亡。道上流传着不少珂萝米的故事，没一个是让人心里踏实的，这些描述揭示了作者对于人工智能和基因工程技术所引发的担忧。这些原本旨在推动人类进步的工具，同样可能沦为破坏和谐生活的利器。在小说《整垮珂萝米》中，人类器官的生产、交易乃至植入已成为可能。女主角律姬怀揣着对德国蔡斯品牌蓝色眼睛的向往，最终利用在酒吧赚取的金钱，实现了自己更换眼睛的愿望。这种眼睛最出名的就是

① 威廉·吉布森，段跣．整垮珂萝米[J]．科幻世界，2005（07）．

这种标志性的蓝色，每只瞳仁里都有两个小字：蔡斯。大写字母，像金色的斑点。

借助吉布森的人工智能技术和基因工程技术，人们能够批量生产美丽和高贵。这样的技术使得人类的虚荣心得到极大的满足，因为每个人都可以拥有完美的外表和高贵的身份。然而，这种满足是建立在空虚之上的，因为当美丽变得不再独特，每个人看起来都一样时，审美就失去了其原有的意义。人们独特和引以为傲的个性也会随之消失，因为个性是建立在差异和独特性之上的。在这个世界里，人们逐渐追求更深层次的自我认同与个性展现。他们逐渐认识到，真正的美丽与尊贵并不仅仅体现在外表，而更多地体现在一个人的内在品质与独特性上。因此，尽管技术为我们打开了无限可能的大门，人们却开始探索那些无法被复制或量化的特质——那些能够反映个人历史、经历和情感的元素。艺术、文学和哲学在这个时代重新找回了它们的价值，因为它们能够触及人类灵魂的深处，激发人们对真实、真诚和原创性的渴望。

吉布森创造的世界观通常结合了高度发达的人工智能和先进的基因技术。在他的作品中，高科技不仅仅是一种背景设定，而是深入到了普通人的日常生活之中。这种世界设定既充满了未来科技的尖端魅力，又透露出一种冷漠和残酷，反映了科技进步带来的正面效应和潜在的负面后果。读者在阅读这样的作品时，不仅能体验到独特的审美感受，而且能够思考到科技发展背后更深层的意义。在这个世界里，人类与机器的界限日益模糊。人工智能的兴起不仅转变了我们的生活方式，还对社会结构和伦理道德提出了新的挑战。基因技术的革命性进步，赋予了人类操控生命基本元素的能力，这激发了对人性、身份认同和存在意义的深刻反思。吉布森在其作品中，不仅预见了未来科技的发展方向，还向我们发出了关于人类未来的警告。人工智能已不再是简单的工具，它们似乎拥有了自我意识，并在某些领域超越了人类的能力。基因技术的应用，赋予了人类改造自身、追求完美的能力，但这也引发了深刻的伦理和道德问题。威廉·吉布森在其作品中，不仅探讨了技术对社会的深远影响，还深入剖析了在科技面前人性的复杂性。他的小说充满了对未来的丰富想象，同时深刻地反映了对现实世界的洞察。

在威廉·吉布森的著作中，技术与人性的交织构建了一系列引人入胜的故事世界。这些故事中，技术超越了单纯的背景设定，成为推动情节进展和塑造角色命运的核心动力。吉布森所塑造的角色经常在技术与人性的边缘徘徊，探寻自我认同和存在意义的深层含义。他的叙述手法独树一帜，擅长通过细腻的心理刻画和详尽的细节描写，引领读者进入一个既陌生又似曾相识的领域。吉布森的作品不仅为读者打开了对未来世界的想象之门，还激发了人们对技术进步如何深刻影响人类社会和个人生活的深思。威廉·吉布森的科幻小说，特别是其三部曲系列，凭借其独树一帜的赛博朋克风格和对虚拟现实的前瞻性描绘，已成为文学领域的一个重要里程碑。他所创造的赛博空间概念，不仅预示了互联网的广泛普及和演进，而且他对人工智能、生物工程以及网络犯罪的深刻探讨，至今仍对科技伦理和社会进步产生着深刻的影响。吉布森的著作不仅在文学史上具有划时代的重要性，还在科技哲学和文化研究领域激发了广泛的讨论和深思。

二、异化主题

18 世纪的法国哲学家卢梭深入探讨了人类在社会发展过程中所经历的异化现象。卢梭认为，人类原本处于一种自然状态，那时的人们生活简单、自由、平等，是人性最真实的表现。但随着私有财产的出现，人类开始进入社会状态，社会关系变得复杂，人们逐渐失去了自然状态下的纯真，开始受到社会制度和欲望的制约，这导致了人的异化现象。

马克思指出，在资本主义的生产模式中，劳动者与其劳动成果、生产过程、人的本质以及他人之间产生了异化。随着劳动者创造的商品数量增加，他们自身却变得更为贫乏，因为这些商品并不归他们所有，而是落入了资本家的囊中。这种异化现象不仅存在于物质生产领域，还渗透到了人的精神生活和社会关系之中。法兰克福学派的代表人物，例如阿多诺和霍克海默，进一步分析了文化工业如何利用大众媒体和消费主义来加剧人的异化，导致个体在追求标准化的幸福和满足时，失去了批判意识和自主性。

人文主义者认为人类是宇宙中最重要的存在，拥有超越其他生物的特殊地位。他们认为，没有人类的世界会失去方向和意义。随着科技的发展，特别是第三次科技革命以来，人类已经能够通过技术手段影响甚至改变自然进化的过程。科技的进步带来了新的可能性，比如赛博朋克小说中所描述的“赛博人”——一种结合了生物和机械特征的存在。然而，这种由技术推动的进化可能会导致人类失去对技术的控制，反而成为技术的受害者，这种现象被称为“异化”。异化是指人类在技术发展过程中失去了对技术的主导权，技术反而控制了人类，这与有机物自然发展的规律并不相符。正如马尔库塞所言“由于人们批判的、否定的、超越性的和创造性的内心向度的丧失，人们似乎根本不会再提出或想到要提出什么抗议”。马尔库塞提出的一些理论认为现代科技和工业社会对人的精神和思想意识产生了一种控制和奴役作用。在赛博朋克小说中，吉布森描绘的赛博人（半机械人）形象，实际上是对科技、社会与人的关系进行深刻反思的体现。这些赛博人反映了人类在科技发展面前可能失去自我控制、变得异化的担忧。换句话说，赛博朋克小说中的赛博人形象，是作者对于科技发展可能带来的负面效应——即人类主体性的丧失和异化的担忧。

“赛博格”是一种由人类和人造装置结合而成的生物体，这种结合体具有统一的功能和特性。它通常被称作“赛博人”或者“义体人”，是一个融合了生物技术和机械技术的高级形式。这个概念最早是由美国的两位科学家曼弗雷德·克林斯和内森·克兰提出的。在科幻小说和电影中，“赛博格”经常被描绘成经过生物工程或机械改造的人类，他们拥有超越常人的能力，比如超人的力量、速度或者其他特殊技能。以吉布森的小说《神经漫游者》为例，女主角莫利虽然本质上是人类，却配备了刀锋般的指甲和玻璃材质的眼眶。从广义上讲，“赛博格”并不局限于拥有类似人类的外形，也不一定具有实体存在。例如，在《神经漫游者》中，只读人格思想的盒子“平线”和网络终端控制系统“冬寂”均体现了赛博格的概念，尽管它们并非以传统意义上的实体形式存在。哈拉维把赛博格定义为一个控制有机体，一个机器与生物体的杂合体，一个社会现实的创造物，同时也是一个虚构的创造物。哈拉维认为 20 世纪末的科技发展模糊了人类与动物、有机体与机器、物理与非物理之间的界限。她提出的“赛博人”概念描述了一个新的主体，这个主体是由于上述界限的崩解而产生的，它打破了传统的身份认同，如族群、种族、性别、阶级等。在哈拉维看来，“赛博人”是一个多元的、没有清晰边界的、充满冲突和非本质的主体。赛博人依赖于机器，机器成了他们身体的延伸，他们适应于一个充满怪物而非理想的世界。哈拉维的赛博理论对赛博朋克这一科幻小说流派产生了深远的影响。而勒内·笛卡尔（Rene Descartes）是西方哲学史上的重要人物，他提出“我思故我在”（Cogito ergo sum)，强调了思考本身证明了人的存在。但吉布森在其作品中所表现的“赛博人”概念，却挑战了笛卡尔关于人通过思考来确认自身存在的传统观念。在《神经漫游者》里，机器人被描绘成拥有类似人类的情感和欲望，并且具备了自主思考和行动的能力。超级计算机系统“冬寂（Wintermute）”是小说中的一个关键元素，它是一个高度智能化的计算机系统，拥有自己的意识和目的。

异化主题在文学发展的每个时期都有所体现。20 世纪目睹了人类科技史上一次巨大的飞跃，科技的繁荣让人类开始憧憬理想的乌托邦社会。然而，就在乌托邦似乎离我们最近的时候，它却像一个肥皂泡一样在我们的面前崩溃了这种对乌托邦理想的幻灭感，在文学作品中得到了深刻的体现。作家们开始深入探讨科技与人性之间的复杂关系，以及科技进步可能引发的潜在负面影响。他们通过构建一个又一个异化世界的故事，向读者呈现了一系列充满讽刺和批判意味的未来景象。在这个过程中，文学作品已不再仅仅是逃避现实的工具，而是转变成了一面镜子，用以反思和审视人类自身的行为。

科技的迅猛发展并未能驱散资本主义经济危机的阴霾，反而导致了社会和政治问题的不断加剧。谢江平指出：“乌托邦是建立在对理性对科学的信仰之上，但科学和理性并没有兑现人们的美好期望，相反地，科技的发展使人类异化为机器和商品的奴隶，理性和科学并没有消除惨绝人寰的大屠杀。法西斯和专制集权彻底毁灭了人们的进步期望。人们遭遇了前所未有的挫折，而这一切往往是以理性、科学、进步的名义出现的。反面乌托邦文学就是这种挫折感的产物”①，科技的异化使反乌托邦小说家对现代性产生了质疑和批判，他们开始担心人类因进步所导致的机械化和去人性化。在英国作家阿道司·赫胥黎所著的反乌托邦小说《美丽新世界》中描绘了一个未来世界，这个世界被称作“世界国”。在这个社会里，虽然人们的生活条件非常优越，物质极大丰富，人们不再有贫穷和饥饿的困扰，社会秩序井然，但是这一切的背后隐藏着深重的问题。个人的情感、家庭的温暖和人类的自然本性都被牺牲了，取而代之的是一个高度控制和标准化的社会。人们通过科学技术进行“制造”，而非自然的生育过程。赫胥黎借此批判了科学与技术的滥用可能导致的人性丧失和社会的异化。《我们》是俄罗斯作家叶夫根尼·扎米亚京创作的一部反乌托邦科幻小说。这部作品描绘了一个极端集权的社会，在这个社会中，所有个体都失去了个性，被剥夺了姓名和自由，生活在严密控制的环境中。小说通过数学家“我”的视角，记录了这个大统一王国的日常生活和思想。在这个社会里，人们没有个人情感，一切行为都受到严格规范，包括性行为都是按计划进行的。尽管这个社会拥有高度发达的科技和发明，但它们被用作统治工具，以维持大恩

---

① 谢江平. 反乌托邦思想的哲学研究 [M]. 北京：中国社会科学出版社，2007.

主的极权统治。个人的独立性和选择权被彻底抹杀，反映出作者对集权主义和对个体自由的深刻担忧。技术的日益先进，社会秩序的高度规范，优化原则的普遍贯彻，社会机制的高度效率化，都可能反过来变成人类的对立物，都可能使人变成技术、秩序、效率的控制物与牺牲品，因为每一个纯科学的发明都潜伏着破坏性，即使是科学，有时也必须视为一个可能的敌人。工业革命是一场始于18世纪末至19世纪初的深刻变革，它以机械化生产取代了传统的手工劳动，极大地提高了生产效率，推动了社会和经济的发展。然而，这场变革也带来了一系列负面影响。高科技的发展虽然在很多方面便利了人类的生活，促进了社会的进步，但它同时也引发了一系列问题，比如环境污染、资源枯竭、社会不平等等。这些问题给人类社会带来了严重的灾难，甚至有些灾难是人类自己造成的。与自然界以往带来的灾难相比，工业革命后人类面对的灾难可能更加可怕，因为它们往往伴随着对人类自身的奴役和压迫。

赛博朋克小说是一种科幻文学流派，它与反乌托邦小说有相似之处，都探讨了科技和极权主义对人的影响。在赛博朋克作品中，经常出现能够思考的机器和具有人类意识的计算机系统。随着这些高科技的发展，它们开始取代甚至控制人类，剥夺了人类的创造性思维和想象力。这种科技的统治使得人的地位和自主性受到了严重的威胁和挑战。在遥远的过去，人类被视为万物的衡量标准，一切似乎都是为了人类而存在，人类居于中心地位，也是存在的终极目的。然而，技术的发展导致了人类的异化。“赛博人”，作为高新科技与人类融合的产物，代表了主观的人与客观对应物的新结合，虽然它突破了人类千百年来主客二元对立的界限，却也牺牲了人的主体性。因此，可以说，“赛博人”实际上延续了反乌托邦所揭示的技术和极权导致的人类“异化”主题。这种“异化”不仅体现在个体与社会的关系上，还深刻地影响了个体的自我认知和身份认同。在“赛博人”的概念中，人们借助技术改造身体，追求超越自然的极限，然而这种追求常常伴随着对自身人性的丧失。对技术的过度依赖和滥用，导致了个体在精神和情感上的空虚，以及在社会结构中的边缘化。因此，“赛博人”形象的出现，不仅映射了对技术发展的忧虑，也揭示了现代社会中个体在面对技术进步时可能面临的困境和挑战。

三、自由精神

可以毫不夸张地讲，吉布森小说中的几乎每一个人物都是在寻求自由和反对囚禁上进行着自己的探索。自由性无疑是赛博朋克文学中最核心的人文本性。它不仅在角色的自我表达和选择中得到体现，而且在对技术、社会结构和道德规范的挑战与反思中反映出来。在赛博朋克的世界中，个体通常置身于一个高度信息化和网络化的社会环境，这种环境既赋予了前所未有的自由，也带来了新的限制和风险。赛博朋克文学通过角色的冒险和探索，深入探讨了自由与控制、个体与集体之间的复杂关系，以及在技术主导的未来社会中，人类如何维持自我认同和道德判断。

人们发明了一种名为“虚拟现实”的技术，它允许人们通过在大脑中植入特殊设备，与电脑网络连接，从而实现思维意识与网络的融合。这样一来，人们就能在这个由电脑构建的虚拟世界中自由“遨游”，体验与现实不同的生活方式。人们可以通过信息高速公路，即互联网，使用计算机作为工具，实现超越物理限制的交流。在吉布森所描绘的“矩阵”中，人们可以不通过实际的面对面接触来沟通感情和文化，甚至可以通过电子信号直接刺激人的神经系统，产生一种仿佛身处现实世界的感觉。在这个虚拟世界里，人们的精神可以脱离肉身，自由地在网络中漫游，探索和体验由信息构成的无尽世界。小说《神经漫游者》开篇说凯斯因大脑遭破坏而无法进入赛博空间，来叶城一年了，无论他以什么速度行走，不论是转一个弯，还是过一个街角，他都会看到睡梦中的矩阵，那些明亮的逻辑网格正在无色的空间展开……对于生活在电脑创意空间里为没有肉体的累赘感而狂喜的凯斯来说，在那些他以电脑牛仔的名人身份出入的酒吧里，名人的姿态包含着对肉体的蔑视。身体只是一堆肉。凯斯堕入了自己肉体的牢笼。在吉布森的笔下，身体被描绘成一种囚禁的象征，用以展开丰富的隐喻。人们渴望进入控制空间，让灵魂永远摆脱肉体的枷锁，这本质上是对自由的追求。然而，当故事的主角真正实现这一目标时，他们意外地发现自己变成了技术的囚徒。吉布森揭示了我们现代社会中一个显著的悖论：人们为了自由而推动科技发展，却在不知不觉中丧失了自我，逐渐沦为自身创造物的奴隶。这是一个不可否认的残酷现实——人类创造的技术反过来塑造了人类本身。

此外，赛博空间的存在也体现了虚拟自由的悖论。人们一旦进入赛博空间，首先被转化为二进制代码，然后才开始所谓的自由主体性活动。在赛博空间中的主体性与现实世界中的主体性截然不同。现实中的主体性体现在对物质世界的作用上，而在赛博空间中，主体性变成了交互主体性，既是主体又非主体。主体与他人的"共在"仅限于符号层面。由于身体的缺席，这种网际交往不会产生物质性的影响，因此，许多 ID 的个性逐渐被塑造出来，每个代号都开始拥有自己的身份认同和人格特征。在长期使用一个代号与他人互动的过程中，为了使这个面具自洽，就会形成一种独特的叙事风格，由此产生的身份认同成了我们自我认同的一部分。然而，作为世界主体的人在赛博空间中被弱化，这种虚拟现实性带来的主体性导致了真实身份的迷失和不确定性，因为通过虚拟身份获得的肉体和精神自由，只能在互联网技术的短暂作用下实现。

智慧过人，掌控了一切，除不具备肉体之外，似乎与人无异。然而，人类却受限于强大的人工智能。为了自由地进入赛博空间，他们甚至愿意主动将自己的意识数字化。这无疑是一种悲哀，因为一旦摆脱了肉体的束缚，人类将如何与强大的人工智能抗衡呢？在当前背景下，人类正积极探索新的生存模式，寻求与人工智能和谐共存甚至超越它们的途径。一些科学家和哲学家提出了“数字永生”的理念，主张利用尖端技术将人类意识上传至云端，以实现意识的不朽。然而，这一做法也引发了新的伦理和哲学难题，例如上传意识后的人类是否仍旧保持其原有的身份，以及这种形式的永生是否具有真正的价值。与此同时，还有研究者专注于通过生物工程和神经科学的发展来增强人类的自然智能，目标是在不抛弃肉体的基础上，提升人类的思维和身体性能。尽管这些尝试充满挑战，但它们为人类的未来发展开辟了新的道路。

恰如海姆在其《从界面到网络空间——虚拟实在的形而上学》(*The Metaphysics of Virtual Reality*) 一书中所言：“赛博空间是作为一种劳动产品的柏拉图主义。赛博人（cybernaut）坐在我们的前面，套上感觉输入装置，看起来确实迷失在这种世界中。悬浮于计算机空间，赛博人逃出身体的囚牢，现身于数字感觉的世界里。”人类的思想和个性曾被认为是独一无二，无法复制的，如今却可以化作纯粹的信息和符号，可以随意地复制和改写。这一转变不仅重塑了我们对知识与信息的认知，同时也为个人隐私、版权法以及社会伦理带来了新的挑战。随着技术的不断进步，如何确保个人的思想和创作不被滥用，已经成为一个迫切需要解决的问题。此外，这也激发了关于人工智能是否能够拥有或模拟人类情感与意识的哲学性探讨。

衰老与死亡是人类无法逃避的宿命，也是我们作为自然界一员所遵循的生命法则。然而，现代科技似乎正在打破这一自然规律。科学家们正借助基因编辑、细胞再生以及生物工程等尖端技术，努力延缓衰老的进程，甚至有望逆转与年龄增长相关的疾病。这些研究不仅颠覆了我们对生命终结的传统理解，还激起了伦理和哲学领域的广泛辩论。随着这些技术的持续发展，人类对生命期限和品质的掌控能力有望迈入一个崭新的阶段。吉布森在作品中探讨了科技进步如何影响人类社会和个体存在。在他的小说中，科学技术被用来延长人类的寿命和避免死亡，从而达到一种"不朽"的状态。这种"不朽"分为两个层面：一个是通过科技手段对肉体进行改造和修复，以达到肉体上的永生；另一个则是通过技术手段保存和传播思想，实现精神上的不朽。在吉布森的小说《神经漫游者》中，描述了一个未来世界里，人类通过高科技手段对身体进行翻新和改造，使得身体能够得到再生，即使遭受了严重的伤害也能恢复。例如，故事中科尔托上校在任务失败后，尽管身体遭受了极大的破坏，但通过科技手段被修复成了一个赛博格（半机械人），从而"生存"下来。在另一部作品《零伯爵》中，特纳这个角色通过医疗技术的修复，即使身体遭受了极大的破坏也能够重生。而故事中的富豪维瑞克则通过将自己的意识投影到世界各地，从而在精神上实现了不朽。

在后现代社会中，传统的人类特质和自我认知面临着重大挑战。人们曾经认为自己是世界的中心，拥有控制和决定事物走向的能力。然而，随着计算机和互联网技术的飞速发展，人类生活的各个方面都受到了技术的影响，甚至被技术所渗透。这种技术的普及和深化，使得人们开始怀疑自己是否还能够完全掌握自己的命运。人们传统的自我观念——即作为独立、自主的“人”——在技术的影响下开始被重新定义和解构。尽管身处技术驱动的时代，人类的创造力与情感并未消逝，反而在新的形态中得到了拓展和重塑。人们正致力于在技术与人文之间寻求新的平衡，确保技术的发展能够促进人类的全面进步，而非成为主宰人类的手段。在这一过程中，艺术、文学和哲学等传统学科与新兴科技的融合，催生了全新的文化形态和思维方式，为人类在后现代社会中的自我定位提供了新的视角和可能性。

在当前背景下，个体的身份认同变得模糊不清，人们开始在虚拟世界中探索新的自我表达途径。这一现象在社交媒体和在线游戏领域尤为显著。用户通过塑造虚拟角色和参与网络社区活动，构建并展示自己的身份。虚拟世界提供了一个相对自由的环境，人们得以摆脱现实世界中的诸多限制，例如性别、种族和社会地位等，从而自由地表达真实的想法和情感。然而，这种自由的自我表达也伴随着新的挑战，包括网络身份与现实身份的冲突、网络暴力以及隐私泄露等问题。因此，如何在享受虚拟世界带来的便利的同时，确保个人隐私和安全，已成为一个迫切需要解决的问题。网络空间的匿名性和无限潜力为人们提供了一条逃避现实限制的途径，但同时也催生了新的社会问题。人们在享受技术带来的便利的同时，也遭遇了信息过载、隐私泄露和网络成瘾等挑战。社会学家和哲学家们开始探讨如何在技术与人文之间找到平衡点，以确保技术的进步能够助力人类的全面发展，而不是成为控制和异化人类的工具。此外，跨学科的合作被视为推动技术与人文融合的重要途径，通过不同领域的专家共同工作，可以更好地理解技术对社会的影响，并制定出更加全面和人性化的解决方案。

赛博朋克小说和反乌托邦小说一样，都着重探讨了科技发展和极权主义对人类的影响。在赛博朋克的世界观中，经常出现能够自主思考的机器和拥有类似人类意识的计算机系统。这些高科技产品逐渐取代甚至控制了人类，限制了人类的想象力，从而动摇了人类的主体地位。传统上，人类被视为衡量一切事物的标准，是万物的核心和目的。然而，技术的发展导致人类异化，“赛博人”，即人类与高新技术的结合体，虽然突破了人类历史上主观与客观二元对立的局限，却也失去了人的主体性。因此，可以说“赛博人”是反乌托邦所描述的技术和极权导致人类异化主题的延续。

在赛朋博克小说的世界中，作者们经常构建一个未来社会，其中高度智能化的机器不仅能够自主思考，还拥有与人类相似甚至超越人类的意识。这些机器在社会中扮演着越来越重要的角色，它们的决策和行为开始影响甚至控制人类的生活。在这个过程中，人类的想象力和创造力似乎逐渐被边缘化，人类的主体地位遭到了前所未有的挑战。

赛朋博克小说家们通过这种夸张的设定，实际上是在提出一个引人深思的问题：随着科技的飞速发展，人类是否还能保持其在世界中的主导地位？这些故事中的机器，虽然被赋予了人类的特质，但它们的行为和决策往往缺乏人类的情感和道德考量，这导致了对人类社会的潜在威胁。小说中的机器可能因为逻辑错误或程序缺陷而做出对人类不利的决定，甚至可能因为设计者的偏见而产生歧视和不公。

这些小说不仅仅是在讲述一个关于机器的故事，它们更深层次地探讨了人类与技术之间的复杂关系。它们提醒我们，在享受科技带来的便利和进步的同时，我们必须警惕科技可能带来的副作用。科技的发展不应该以牺牲人类的自由、创造力和道德判断为代价。赛朋博克小说家们通过他们的作品，鼓励读者去思考如何在科技与人文之间找到平衡点，确保人类的主体地位不仅在物质上，更在精神和道德上得到维护和尊重。

在探讨“赛博人”这一概念时，我们认识到技术与人类的结合远超出了简单的物理层面，它深入到了认知、情感乃至意识的层面。这种深层次的融合不仅赋予了人类前所未有的能力，也激发了对个体身份、自由意志和道德责任的深刻反思。随着技术的持续演进，人类的生理和心理界限正在被不断推移，但这也引发了一系列伦理和哲学上的难题。例如，当记忆、情感甚至意识可以被数字化并迁移到另一个实体时，我们应如何界定“自我”？当“赛博人”通过网络连接实现超越时空的沟通时，我们又如何保护个体的隐私和独立性？这些问题不仅挑战了我们对人类本质的传统理解，也迫使我们重新审视社会结构和法律体系的适应性。因此，在展望“赛博人”的未来时，我们必须在技术革新与人文关怀之间寻求平衡，确保技术的进步能够促进人类的全面发展，而不是成为新的限制。

第二节　对赛博空间的人文反思

反乌托邦小说通常描绘的是一种表面上看似完美，但实际上存在严重问题的社会。在这个社会中，物质文明发展得非常先进，技术高度发达，给人的第一印象是和谐稳定。然而，这种社会背后隐藏着很多问题，如政治上的极权主义、人民的不自由和缺乏真正的幸福。精神文明在这样的社会中受到物质文明的压制和控制，人们在精神上受到限制，没有真正的自由和自我表达的空间。自古以来，人类始终是社会体系的核心，这种主体性体现在作为社会历史主体的人及其自觉能动活动，是社会中各种要素、关系、组织等得以结为整体，获得生命与活动，并自觉展开为有序的社会运动，不断自我发展与完善的中心、纽带和关节点。在高度发达的物质社会中，人们拥有丰富的物质资源和先进的技术，但这种发展也带来了一些问题。人类的主体性，也就是人的独立自主性和个性，开始逐渐变得模糊不清。技术本应是人类用来改善生活的工具，但有时候，技术过于先进反而限制了人们的自由和思考能力。赛博朋克是一种科幻小说流派，它常常描述一个技术高度发展但社会问题严重的未来世界。在这个世界里，技术不仅没有给人类带来更多的自由，反而成为控制和统治人类的手段，导致人们失去了自己的主体性。

吉布森在其赛博朋克小说世界向我们展示一个别样的世界，在其中，我们看到了具有人类思维的电脑系统、经过生物技术改造的人类，以及可以被电脑控制的机器人。赛博朋克小说通过这些设定，反映了现代社会所面临的复杂问题。例如，在吉布森的小说《神经漫游者》中，科技的发展已经超出了人类的控制，引发了关于科技对人类社会可能造成的威胁的广泛讨论。随着科技的发展，人类的主体地位受到了质疑，传统的人文主义观念不再适应现代社会，人类在概念和社会地位上都面临着前所未有的挑战和冲击。

一、身份困境与身份认同

威廉·吉布森的作品探讨了科技与个人自由之间的复杂关

系。在他的小说中，科技既赋予了人们力量，也威胁着人们的自由。吉布森描述的未来世界中，身份识别通常是通过外部手段实现的，例如通过植入的设备或其他外部特征，而不是通过科幻电影中常见的生物识别技术，如唾液分析或基因检测。即便是在一个生物科学极为先进的未来世界里，人工智能的操控能力强大到足以影响身份验证的结果。在这个世界里，人体器官的移植和替换已经变得非常普遍和合法。《神经漫游者》中，凯斯对里维拉相貌的描述是这样的："他长得很美，凯斯估计他的五官是千叶城外科医生的杰作，非常精致，不像阿米特奇纯粹是各种流行帅哥外形的混合。"似乎对这种由人工制造出来的帅哥已经习以为常。在小说《零伯爵》中，主人公维瑞克是一个追求永生的富豪。为了保持自己资本的长期运作，他选择了一种极端的方式来延长生命：通过长期的人工冬眠，将自己置于一个大缸中，从而实现身体的长期休眠。尽管他的肉体被搁置，但他的思想能够通过某种技术手段被实体化，即思想可以投射出来。这种情形引发了一个哲学问题：如果一个人的肉体已经死亡，但他的思想仍然存在并能与外界互动，我们还能否称其为"活着"？此外，吉布森在小说中还探讨了人造器官和器官移植技术的双刃剑效应。这些技术虽然在医疗上带来了进步，为那些希望长期掌权的财阀提供了延长生命的可能，但同时也带来了许多负面影响。维瑞克虽然通过这些技术实现了生命的延续，但他无法逃避由超级人工智能所构建的复杂网络，这暗示了科技发展可能带来的束缚和风险。他深感自己受困于环境因素织成的巨网，暗中操控着雇佣兵康洛伊和艺术家玛丽，两股势力试图破解“伏都神”程序，以期摆脱肉体束缚，实现不朽。在整部作品中，我们所见证的，仅仅是维瑞克的财富以各种形态活跃于世。尽管维瑞克的身影似乎遍布全球，我们却无法确认这是否真的是他本人。即便那些思想确实源自于他，我们也不得不质疑，他是否还保持着人的身份。他是否只是以一种思想的形式存在于世，而肉体被束缚，无法获得真正的自由？精神随时可能被摧毁，即便掌控了无尽的财富，又有什么用呢？超级人工智能能够轻易控制你的财富，甚至决定你的生死。随着技术的发展，我们获得了前所未有的能力，但同时也引发了疑问：我们是否真的充分利用了这些技术带来的好处？或者，在享受技术便利的同时，我们是否也失去了某些重要的东西，包括我们自己的身份认同。进一步地，它质疑我们是否仍然保持了独立自主的自我，还是已经变成了在技术控制下失去了自我意识的生物。

在技术洪流的冲击下，个体的自我意识与自由意志似乎正遭遇前所未有的考验。我们被众多智能设备与算法所环绕，它们在为我们带来便捷的同时，也在潜移默化中影响着我们的行为模式与思维习惯。我们是否仍能维持独立思考的能力，抑或已经逐渐习惯于依赖技术来做出选择？这些问题引人深思，因为它们触及了我们作为人类的基本特质以及未来的发展路径。

在技术浪潮的冲击下，个体的自我意识与自由意志似乎正面临前所未有的挑战。我们生活在一个信息泛滥的时代，智能手机、平板电脑以及各种智能穿戴设备已经成为我们日常生活中不可或缺的组成部分。这些设备不仅改变了我们获取信息的方式，也重塑了我们的社交习惯和工作模式。大数据的分析能力使我们能够迅速获得个性化推荐，从购物到娱乐，从新闻到旅行，算法似乎总能预知我们的需求，甚至在我们自己意识到之前。

然而，在这种便利背后潜藏着风险。我们逐渐习惯于依赖技术来做出决策，从选择阅读的书籍到决定晚餐吃什么，技术的介入似乎无处不在。这种依赖性可能在不知不觉中削弱我们的独立思考能力，使我们变得越来越容易受到外界信息的影响，而忽视了内心的声音和直觉的指引。智能算法的推荐系统虽然为我们节省了筛选信息的时间，但同时也可能限制了我们接触新事物、探索未知领域的可能性。

因此，在享受科技带来的便利的同时，我们更应警惕技术对个体自我意识和自由意志的潜在影响。我们需要学会在技术的浪潮中保持自我意识的清醒，培养批判性思维，以确保我们能够做出真正属于自己的选择。同时，社会也应当鼓励和培养人们在数字时代中保持独立思考的能力，以维护个体的自由意志。这不仅关乎个人的自我发展，也是整个社会健康发展的关键所在。

在当前的背景下，探讨如何在技术发展与个人福祉之间找到平衡点显得尤为关键。一方面，我们应当认识到技术进步所带来的正面效应，例如提升工作效率和提高生活质量；另一方面，我们也需对技术可能引发的负面后果保持警觉，包括隐私泄露、信息泛滥以及对人类自主性的削弱。因此，培养数字素养和批判性思维能力，学会在享受技术带来的好处的同时保持警惕和独立判断，是现代社会每个成员应尽的责任。只有这样，我们才能确保技术的进步真正服务于人类的长期福祉，而不是成为限制我们自由意志的桎梏。

二、记忆困境与自由精神

尽管外部的技术可以识别我们的身份，但它不会影响我们对自己记忆的信任，也不会让我们因为记忆的混乱而认为自己是另一个人。然而，在科幻作家吉布森所描述的赛博网络世界里，人们的身份和记忆被技术所影响和控制，以至于记忆本身变成了限制个人自由的“牢笼”。吉布森自己在谈到小说创作时也说道：“我的小说中的电脑只是人类记忆的隐喻而已。我感兴趣的是记忆的方式和原因，如何界定我们的身份，如何轻易地被修改。”在他人未察觉的情况下，对其记忆进行重塑或抹除，是否会导致一个人的本质发生改变，这是一个值得深思的问题。

吉布森在《神经漫游者》中用阿米特奇的故事告诉了我们一个真相，那便是，一个人的身份是由其记忆决定的。在这个故事中，超级人工智能“冬寂”对阿米塔奇的记忆进行了操控和改造，使他相信自己是一个名叫阿米塔奇的雇佣兵。实际上，这个身份和记忆都是人工智能虚构出来的。这说明，在不进行基因等身体内部因素检测的情况下，一个人的身份和自我认知可能完全建立在他所拥有的记忆上，他的身份源自于冬寂在一座名叫科尔托的精神分裂的城堡里生造出了一个叫做阿米塔奇的东西，而后来，在阿米特奇记忆恢复后，由于对自己身份的困惑和不确定性，却不由得陷入了精神上的混乱。他无法确定自己究竟是科尔托，还是以阿米特奇。这种不确定身份不仅让阿米特奇自己感到困惑，也让读者感到迷惘。最终，阿米特奇的身份消失了，只剩下那个谜一般存在的科尔托。现在阿米塔奇已经灰飞烟灭，只剩下那个疯狂的科尔托。可是之前的这么多年里，科尔托究竟在哪里。人类在思考“我是谁”这个问题时，经常遇到记忆的难题。由于记忆的不确定性，一个人的身份认同可能会变得模糊不清。通常，一个人的自我认知部分来自于外界对他的看法，也就是说，如果大家都认为你是一个特定的人，那么你就会被认同为那个人。如果一个人失去了自己的记忆，却接受了别人关于他的记忆，那么这个人可能会变成别人记忆中的那个他。

吉布森认为记忆并不是构成一个人心理活动和情感的全部因素，因此在他的作品中，他有意识地弱化了主角的背景故事和历史经历。读者在阅读他的作品时，不会发现太多关于主角身份的明确信息，故事仿佛只是从主角当前的经历开始。如果一个人失去了过去的记忆，他将无法回忆起自己的过去，也无法确定自己是因为没有记忆还是记忆被抹去而活在一种混沌状态。在这种身份缺失的状况下，人们可能会感到困惑、失落，或者相反，可能会有一种摆脱过去束缚的轻松感。巴罗认为作为（赛博空间开放的）结果，人类正经历着有史以来最深刻的变革，我们不再仅仅是现实世界中的居民，而是已经转变为赛博空间中的数字化存在。随着科技的飞速发展，我们的思维和身体都在经历变革，科技已经成为我们生活中不可分割的一部分。同时，我们对科技的依赖性也使我们成了科技演进的实验对象。尽管科技推动了我们的进化，但这种进化亦伴随着退化，因为它正在改变我们的本质。科技在我们的身体和思维中扮演着越来越重要的角色，这暗示我们正逐渐成为自己创造的产物。尽管现在讨论这些变化可能还为时尚早，并且赛博朋克小说中描绘的场景尚未在现实中完全上演，但社会的迅猛发展使得未来是否会出现类似情形变得难以预测。我们只能静待时间来验证这一切。

或许在当下，我们仍然感觉赛博朋克小说所描绘的社会图景似乎遥不可及，然而，对技术的深刻反思已经成为我们不得不正视的问题。尽管我们可能仍然认为赛博朋克小说中的社会景象是遥远的幻想，但对技术的深思熟虑已经变得迫在眉睫。在这个数字化时代，技术，特别是人工智能和机器学习的飞速进步，正在逐渐重塑我们的工作、生活乃至思维方式。我们目睹了技术的影响力已蔓延至社会的各个领域，从智能手机到智能家居，从在线教育到远程医疗，无一不体现了技术的广泛渗透。然而，随着技术的持续渗透，一系列新的道德和法律挑战也随之浮现，包括但不限于隐私保护、数据安全以及人工智能决策的透明度。这些问题的出现迫使我们重新审视技术与社会的关系，并在享受技术带来的便利的同时，确保技术进步不会侵犯人类的基本权利和自由。我们必须思考，在机器能够做出比人类更精确判断的情况下，我们是否应该完全依赖它们？当我们的个人数据被用于训练算法，并且这些算法反过来影响我们的生活时，我们如何确保自己的隐私得到保护？这些问题的答案不仅关系到技术本身，更关系到我们如何定义人类的未来。因此，现在是时候开始严肃对待这些技术问题，确保我们能够共同塑造一个既先进又公正的技术未来。因为它的高速，很可能会超出人类的预期，以至于达到一种不可控的状态。人类的前途，充满惊喜，也满是忧虑，我们无法停止技术发展的脚步，也必须承受可能出现的意料之外的后果。

在当前的背景下，我们应如何应对挑战？首先，构建一个全面的技术伦理框架至关重要，以确保技术进步与人类的长期福祉相一致。其次，加强公众教育和提升意识同样不可或缺，这有助于社会大众认识到技术潜在的风险，并鼓励他们参与技术发展的决策过程。最后，跨学科合作显得尤为关键，科技、人文、法律等领域的专家必须共同探讨，为技术的未来发展提供多角度的视野和创新的解决策略。在当今这个科技飞速发展的时代，跨学科合作变得至关重要。科技的快速进步不仅带来了前所未有的机遇，也伴随着众多挑战，这些挑战通常涉及伦理道德、社会影响以及法律规范等多个维度。因此，科技、人文、法律等不同领域的专家必须携手合作，共同为技术的未来发展提供多维度的视角和创新的解决方案。这种合作方式不仅确保技术进步不会忽视伦理道德和社会责任，而且促进了不同学科间知识的交流与融合，从而激发了新的思维火花。

以人工智能领域为例，技术专家、哲学家、社会学家和法律专家的共同参与，可以确保人工智能的发展既满足技术进步的需求，又兼顾人类社会的价值观和法律框架。通过这种合作，可以识别并解决潜在的风险，例如隐私侵犯、自动化导致的失业等问题，确保技术的可持续发展。此外，跨学科的对话有助于打破知识孤岛，促进不同领域专家之间的相互理解和尊重，从而为解决复杂问题提供更为全面和深入的方案。推广这种合作模式，将有助于构建一个更加和谐、平衡的科技发展环境，确保技术进步真正服务于人类的福祉。

唯有如此，我们才能在充分利用技术带来的便利的同时，最大限度地降低其潜在的负面效应。

三、权力困境与共同体构建

在深入分析权力困境与共同体构建之间的复杂关系时，我们不可避免地要面对一个核心议题：如何在权力的分配与运用中寻得平衡，以实现个体自由与集体利益的和谐共融。共同体构建并非仅是一个理论上的概念，它实际上是一个涵盖社会各个层面的实践过程。在这个过程中，个体间的相互沟通与协作、个体与集体之间的互动，以及集体间的合作变得至关重要。然而，权力的集中与滥用常常成为这一进程中的主要障碍。不当的权力行使不仅会破坏共同体内部的和谐，还可能引发社会不公和冲突，从而对共同体的稳定性和持续发展构成威胁。

为了克服这一挑战，建立一个有效的权力监督机制显得尤为关键。这样的机制必须确保权力的透明度和合理运用，以防止权力的滥用。同时，它还应当鼓励和促进公民参与，确保每个人都有机会对权力的行使提出意见和进行监督。此外，共同体构建亦需考虑到文化与价值观的多样性。在全球化的背景下，多元文化的共存已成为常态，如何在尊重差异的同时实现共同目标，是我们面临的又一挑战。通过开展对话、协商和共识的形成，共同体成员可以共同应对挑战，实现共同利益的最大化。这不仅需要智慧和耐心，还需要对不同文化背景的深刻理解和包容。共同体的构建是一个长期且复杂的过程，它要求我们不断地学习、适应和创新，以确保每一个成员都能在其中找到归属感和成就感。

吉布森赛博朋克小说中的主人公通常拥有非常强烈的个人意识和对这种意识的追求。然而，这种追求实际上也反映了他们的被控制状态。个人追求权力，本应是自我认同的体现，但如果无法自由选择所追求的权力，就变成了权力的侵犯。人们为了追求精神自由，可能会过度依赖网络世界，以至于被它所控制；在技术高度发达的背景下，人们甚至可能在不知情的情况下，以他人的身份去追求所谓的自由。这种情况下，个体所追求的自由实际上反映的是别人的意志，而非自己的。人们可能失去对自己过去记忆的了解，甚至错误地将别人的记忆和身份当作自己的，这反映了技术对人思想和身份的侵犯，以及由此带来的悲哀。吉布森笔下的这种新的生存境况它源于孤独个体对整个社会失望又无可奈何的状态，是现代文明中一种难缠的情结，一种强大统治下的无助，一种小人物把自己看得很重的可能途径。吉布森所描绘的这种新的生存境况，不仅仅是对一个简单社会现象的描述，而是深刻地反映了孤独个体对整个社会的失望与无奈。这种状态是现代文明中一个棘手的情结，它像一张无形的网，紧紧地束缚着个体，令人感到窒息。这是一种在强大统治下个体的无助感，使得个体在这样的统治中显得微不足道，渺小而无力。同时，这也为小人物提供了一种自我重视的可能性，因为在看似冷漠的世界中，个体的存在感和价值感变得尤为突出。

通过这种描述，吉布森不仅揭示了个体在现代社会中的边缘化现象，还暗示了面对社会巨变时个体的无力感。他以细腻的笔触描绘了个体在社会变迁中的心理变化，以及他们如何在技术与人性的冲突中寻找自我定位。他的作品通常以未来世界为背景，深入探讨技术进步与人类本性之间的冲突，以及个体在其中的挣扎与适应。通过描绘这种新的生存境况，吉布森不仅为读者提供了对现代生活的深刻反思，也提出了关于人类未来走向的深邃问题。他促使我们思考，在一个技术主导的世界里，人类的自由意志和情感是否还能找到栖息之所，个体的尊严和价值是否还能得到尊重和体现。吉布森的作品就像一面镜子，映照出我们内心深处的恐惧与渴望，以及我们对未来的种种不确定性和期待。

反乌托邦小说通常描绘了一个理想社会的反面——一个由极权政府统治的、缺乏自由和人权的压抑世界。在这类小说中，统治者通常通过控制思想和感情来维持其权力。个人无法自由地选择自己的道路，也无法自由地思考和表达。统治者通过限制人们的思想和感情来控制他们的行为，从而达到对整个社会的全面控制。这种控制手段被认为是侵犯个人自由的最彻底、最极端的方式。当一个人没有了个人思想，丧失了个人意志之时，人也就不再能称之为人了。赛博朋克小说是科幻文学的一个分支，它继承了朋克文化中的反主流精神，对未来的科技世界进行了描绘。在这个世界中，高科技的发展不仅带来了便利，也造成了对人性的压抑和扭曲。小说中，科技的快速发展导致了权力的扩张和人类欲望的失控，这既可能是人类进步的象征，也可能是灾难的源泉。人类在享受科技带来的好处的同时，也可能沦为科技的牺牲品，失去了自由和自我。在赛博朋克的世界里，人们在赛博空间中迷失了自我，身份变得模糊不清，记忆也可能被篡改，加剧了个体的困惑和迷失。尽管人们拥有思考的权力，但他们所拥有的思想可能并不真正属于他们自己；另一方面，赛博空间的匿名性为个体提供了逃避现实社会角色的机会，人们可以轻易地构建一个与现实身份截然不同的虚拟形象。这种自由的表达方式虽然拓宽了个体的自我表现空间，但也可能导致个体在虚拟世界中过度沉溺，忽视了现实生活中的责任和义务。此外，网络空间的无国界特性使得信息传播速度极快，但同时也带来了信息真实性的挑战。在这样的环境下，个体需要发展出新的认知和判断能力，以辨别信息的真伪，保护自己的思想不受错误信息的侵蚀。

吉布森在其小说中深刻描绘了未来社会的复杂性，并深入探讨了个体与集体之间错综复杂的关系。在他的笔下，共同体超越了传统定义，成为一个多维概念，既包括地理上的聚集地，也涵盖了由共同文化、信仰或目标所形成的虚拟社区。吉布森巧妙地构建了一个充满高科技元素的未来世界，展示了个体如何在这个充满挑战和机遇的环境中寻找自己的位置，以及如何在追求个人自由的同时，与他人建立联系和相互依赖。

在吉布森的作品中，共同体意识的探讨通常伴随着对技术进步引发的社会变革的深刻反思。他细腻地描绘了个体在技术高度发达的未来世界中，如何在虚拟与现实之间游走，如何在追求个人身份和自由的同时，也感受到对集体的归属和责任。这种对共同体价值的探索，不仅反映了作者对当代社会问题的敏锐洞察，也激发了读者对于现实世界中共同体价值和个体责任的深入思考。

吉布森的小说经常引导读者思考，在一个由网络和数据构成的虚拟世界里，共同体的真正含义是什么。通过角色的互动和内心独白，他展现了人们在追求个人梦想和维护集体利益之间的挣扎与平衡。这些故事中的共同体意识，既是对未来社会的预见，也是对现代人内心深处渴望归属和认同的映射。通过吉布森的笔触，我们不仅看到了一个充满想象力的未来世界，也对现实生活中人与人之间的联系有了更加深刻的理解。

第三节　走向后人文主义

在西方文学史和思想文化史上，人文主义在与其他思想的相互冲突、相互影响中发展，在西方文学与思想文化的发展历程中，人文主义的崛起与演进构成了一个错综复杂且多层面的过程。它在与其他思想体系的碰撞与互动中逐步走向成熟，这一历程不仅催生了文艺复兴时期艺术与科学的兴盛，而且在启蒙运动中占据了核心地位，为现代民主政治和科学方法论的建立奠定了坚实的基础。人文主义强调个人尊严、理性和批判性思维，主张复兴古典文化并追求人的全面发展。通过文学、艺术和哲学作品，人文主义者质疑了中世纪的宗教权威，促进了个人主义和世俗思想的兴起。他们倡导回归到古希腊罗马的文化传统，重新评估人的地位和潜能，强调人的理性和创造力。在这一过程中，诸如达·芬奇、米开朗基罗和莎士比亚等人文主义者，通过他们的作品，不仅展现了对人性的深刻理解，也体现了对美的永恒追求。他们的创作不仅丰富了人类的文化遗产，也为后世提供了关于自由、平等和人权等现代价值观念的深刻思考。

正如哈里·库涅曼所认为的那样：作为人类全球视野的辩护者，人文主义者以公正、平等、博爱、无限的自我实现等价值观的名义，向传统主义和宗教教条主义开战。从古代文化中真正的人文主义的辉煌诞生到由工业化、现代化、科技化所提供的“繁荣昌盛的幸福”前景，人文主义者在这场斗争中掌控着历史，掌控着西方文明史，并由此主导了人类历史。20 世纪的人文主义强调人类的积极形象和自信，它通过现代性的视角和对宗教与传统的未来导向态度，表达了深刻的意义。库涅曼指出，在 20 世纪末，这种人文主义的形象似乎发生了转变，尤其是在后现代背景下。随着科技的快速发展，自文艺复兴时期以来推崇的人类中心主义——即认为人类是世界的中心，并且能够无限地理解和控制自然——开始受到质疑和解构。因此，后人文主义应运而生，它反思科技发展对社会的影响，并对传统的人类中心主义提出质疑。

传统的人文主义强调人类在世界中的中心地位，认为人类是万物中最重要、最优越的存在。这种观点认为，如果没有人类，世界上的其他事物都将失去方向，变得混乱。特别是随着现代科学和技术的发展，人类掌握了许多强大的工具，从而在自然界中占据了更高的地位。然而，后人文主义对此提出了质疑，认为人类只是自然世界的一部分，与其他生物一样，是生物链中的一环，并非世界的中心。后人文主义强调人类与自然环境的相互依存关系，认为如果人类过度利用科技破坏自然生态，可能会导致生态系统崩溃，最终给人类自身带来毁灭性的后果。因此，人类应该寻求与自然和谐共处，而不是单方面地利用科技改变自然，与自然为敌。同时，随着赛博人的出现，即那些通过高科技手段改造自身的人类，人们需要重新思考人与科技之间的关系，以及这种关系如何影响人类的本质和地位。

在这个科技迅猛发展的时代，人类社会正经历着前所未有的变革。赛博人的出现，作为科技与人类融合的产物，不仅在生物学和工程学领域开辟了新天地，更在哲学和社会学领域引发了深刻的反思。他们拥有超乎常人的能力，同时也激发了关于身份、自我认知以及人类本质的广泛讨论。在这样的背景下，科技的进步已不再局限于单纯的技术层面，而是需要我们深入探讨其对人类社会的广泛影响。

因此，构建科技伦理和制定科技政策变得至关重要，它们将引导科技发展的方向，确保科技的每一步进步都能促进人与自然的和谐共生。这不仅是一个技术问题，更是一个关乎人类未来生存方式的重大议题。我们需要在尊重自然规律的前提下，合理利用科技，避免对环境造成不可逆的破坏。同时，我们也需要在法律和道德层面上为赛博人这样的存在找到恰当的位置，确保他们能够融入社会，而不是成为被边缘化的群体。

此外，科技的进步还应关注人类的全面成长，包括精神和情感层面。科技应当帮助人类减轻劳动强度，提升生活质量，而不是成为控制和限制人类的工具。因此，科技与人的关系需要重新界定，科技的发展应以人类为中心，以增进人民福祉和社会进步为宗旨。只有这样，我们才能确保科技的每一步发展都是朝着正确的方向，为人类带来真正的益处。

赛博人的概念起源于科幻文学和电影，特指那些通过生物工程、机械增强或数字意识转移等手段，超越了传统生物学定义的人类。从后人文主义的视角来看，赛博人的出现挑战了人类与自然的传统关系，并提出了新的伦理和哲学问题。例如，当一个人的意识被上传至计算机，他们是否仍被视为人类？他们的权利和地位应如何界定？这些问题迫使我们重新审视人类的本质和科技的界限。同时，这也激发了对人类责任和环境保护的深入思考，即在科技持续发展的当下，如何确保人类活动不会对生态系统造成不可逆的破坏。

在探讨赛博人现象时，我们不可避免地要提及人工智能的迅猛发展。特别是机器学习和深度学习技术的突破，为赛博人的实现奠定了坚实的技术基础。这些技术的进步使得机器能够模拟甚至超越人类的认知功能，在某些领域，机器与人类的界限日益模糊。随着技术的持续演进，未来可能会涌现出更多具有超越人类智能和能力的赛博人，这将对社会结构、经济体系以及人类的自我认知产生深刻影响。因此，社会必须制定相应的法律和规范，以确保技术进步与人类价值观和伦理道德保持一致。

当今，人类已进入了信息技术化时代。人们认为通过使用现代科技，比如人工智能、数字化技术、遗传工程、基因改造和电子弥补技术等，人类可以超越自然的进化，进入一种由技术推动的新阶段，即从自然人向技术人或电子人的转变。然而，在后人文主义的观点中，虽然赞扬了信息技术为人类带来的积极影响，同时也指出了高科技发展可能带来的问题和负面效应。这种观点认为，我们必须深思在后现代的社会中，人与科技应该如何和谐共存。

从后人文主义的视角出发，科技不再被看作是中立的工具，而是与人类社会、文化、伦理紧密交织的复杂现象。后人文主义强调，科技与人的关系是动态且互动的，科技的发展和应用会受到社会价值观和文化背景的影响。因此，后人文主义主张，在科技发展的过程中，应更加重视人的主体性，确保技术进步能够服务于人类的全面发展，而不是成为控制和异化的工具。

同时，后人文主义也提醒我们，科技的快速进步可能会导致社会结构和人类行为模式的剧烈变化，因此需要对科技的未来走向进行深思熟虑的规划和引导。

后人文主义与赛博朋克小说共同为人文精神的构建提出了新的挑战。在西方文学史和思想文化史上，人文主义在与其他思想的相互冲突、相互影响中发展，后人文主义强调在科技高度发达的未来，人类的本性和定义可能会发生变化。赛博朋克是一种科幻小说流派，其作品通常描绘一个高科技和低生活水平共存的未来世界，其中技术对社会和人类个体产生了深远的影响。威廉·吉布森是赛博朋克流派的代表作家之一，他的作品经常探讨技术如何渗透到人类生活中，甚至改变人类的生理结构。在吉布森的小说中，人类与机械的结合成了一个突出的主题，预示着人类可能会发展成为一种新的生命形态，即“赛博人”，这反映了后人文主义对人类未来可能面临的科技化挑战的探讨。

文艺复兴时期的人文主义强调人类具有超越其他生物的智慧和价值，认为人类是万物的主宰。然而，即使在这一思想背景下，人类仍然是自然界的一部分，具有生物的脆弱性。人类的健康和生命容易受到多种因素的影响，比如交通事故、有毒物质、放射性污染以及不均衡的饮食习惯等。尽管人类的身体可以达到一个很好的状态，但在体力、速度和耐力等方面，人类并不如许多其他动物。例如，人类不能像某些动物那样快速奔跑，体力也有限，容易感到疲劳。为了弥补这些天生的不足，人类发明并使用了各种工具和机械。同样，为了克服记忆和思维能力上的限制，人类也依赖于书写、计算机等外界辅助手段。

后人文主义既肯定人类利用智慧和科技来提升生活质量，同时也警惕科技可能带来的负面影响。后人文主义者认为，科技进步本身不是问题，而是一种让世界变得更好、拓展人类能力的方式。在遗传工程等高科技领域，研究者致力于开发新疗法治疗疾病，目的是让人类更加健康、智慧和美丽。然而，如果科技发展导致人类被机器控制，违背了自然发展规律，威胁到人类的生存和发展，那么就必须对科技的发展进行深入反思。比如，《神经漫游者》中的两个不同的人物，他们采用不同的高科技方法来实现延长生命或者达到某种形式的“永生”。朱利叶斯·迪恩通过每年进行基因改造来抵御衰老和死亡，而阿西普尔则利用超低温冷冻技术来周期性地“复活”，他的妻子则通过数字化自己的思想和性格来实现永生。目前，科学已经成功破译了人类的基因图谱，这项成就对医学界来说是一个巨大的进步。它预示着人类有可能通过了解基因来预防疾病，甚至治疗一些目前无法治愈的疾病，从而提高人类的生活质量。然而，这项技术的发展同时也引发了关于生命价值和道德伦理的新问题，如何在技术发展面前重新思考和定位人类生命的意义以及社会价值体系，成了一个需要严肃对待的挑战。

后人文主义在认可科技发展对人类文明带来积极影响的同

时，也表达了对科技无节制发展的担忧。这种思潮关注人类与科技之间的相互作用和依赖关系，同时对生活在高度发达的后现代社会中人们的生活状态和未来命运表示了深切的关心和思考。汉斯·莫拉维克（Hans Moravec）在他的《智力后裔：机器人和人类智能的未来》（*The Future of Robot and Human Intelligence*，1988）一书中，提出将人的思维“下载”到一个没有器官身体限制的人造躯体中。换言之，人类思维的循环特性赋予了我们潜在的不朽性。因此，通过创建众多“备份”，即便我们的合成躯体遭到破坏，我们的意识亦能得以永存。随着地球人口数量的快速增长，人类可能需要寻找其他星球作为新的居住地。文中提出，与有机身体相比，无器官（可能指机械或电子化的身体）的身体更适合在其他星球上生存。此外，人类可以通过电脑网络高速传输思维，并将其“下载”到新的身体中。作者认为，人类可以利用科学和技术在社会、物质和精神层面上自我完善，达到生命可能达到的最高境界。在赛博朋克小说中，主人公通常能够将大脑连接到电脑网络，甚至抛弃肉体，仅以思想形式存在于虚拟世界。例如，在《零伯爵》这部作品中，角色鲍比宁愿舍弃自己的身体，将意识上传到网络，让身体自然消亡。通过这些技术手段，人们可以规避死亡，实现永生的幻想，从而摆脱人类固有的生命限制。

在赛博朋克小说里，即使人的身体死亡，他们的思想和意识仍然可以在一个由电脑网络构成的虚拟空间中继续存在。这种设想强调了人与机器之间的界限变得越来越不明显，人类被高度发达的技术文明所改变，以至于在某种程度上成了机器的附属品或奴隶。这种现象与后人文主义对于科技发展可能带来的人类身份和本质的改变的反思是一致的。赛博朋克小说通常描绘了一个高科技、低生活、人类与机器高度融合的未来世界。这些小说在对一个理想化的人类未来世界（伊托邦）的设想中，提出了对科技文明的深刻思考和人文关怀。作者们通过小说中的情节和人物形象，探讨了如果人类能够实现长生不老，那么生活是否会变得单调乏味，以及人类是否应该为了自己的利益而牺牲其他生物。赛博朋克小说强调，如果人类只关心彼此而忽视了与自然界的和谐共处，那么人类社会并不能算是真正的文明。同时，虽然科技的进步能够推动人类发展，但过度依赖科技也可能导致人类失去自主性和主体性，成为技术的奴隶。因此，赛博朋克小说在展现科技带来的积极影响的同时，也对可能产生的负面影响表达了担忧。

20 世纪的人文主义强调积极向上的自我形象，这种形象通过自信的现代性以及宗教和传统中面向未来的积极力量得到了深刻的体现。人文主义关注人的价值、尊严和创造力，倡导个人的自我实现和社会进步。在这个时期，人们对于科技和现代化的信念非常坚定，同时也在文化传统中寻找前进的动力和指导。库涅曼认为，20 世纪末，人文主义的这种形象似乎已经逆转，特别是在后现代的语境中，随着科学技术的兴起与发展，自文艺复兴时期以来所崇尚的、以人为世界的中心，认为人类的力量可以无限地把握、控制和统摄自然的人文主义遭遇解构，一种反思社会科技发展，质疑人类中心主义的后人文主义（post-humanism）应运而生。传统的人文主义强调人类的中心地位，认为人类是世间万物中最重要、最智慧的存在，世界的一切似乎都围绕着人类转。随着现代科学技术的发展，人类拥有了很多强大的工具和能力，这进一步加强了人类作为万物主宰的观念。然而，后人文主义的观点则不同，它认为人类并不是世界的中心，而是自然界众多生物中的一员，与所有生物共同构成了一个相互依赖的生态系统。如果人类过度使用科技破坏自然环境，导致生态平衡被打破，最终会对自己造成伤害。因此，人类应该寻求与自然和谐共处的方式，而不是依赖科技的极端发展来改变自然环境。同时，随着人工智能和机器人技术的发展，人类的定义和角色也在发生变化，这要求我们重新思考科技与人类的关系。

我们生活的时代是一个信息技术高度发达的时期。在这个时代，人们开始使用科学技术来引导自然界的进化，使其转变为由人类技术干预的进化。人们相信，通过人工智能、数字化技术、遗传工程、基因改造和电子弥补技术等现代科技手段，人类将能够实现从传统自然人、肉体人向技术人、电子人的转变。后人文主义虽然赞扬了信息技术给人们生活带来的积极影响和价值，但同时也提出了批判性的反思。它指出，高科技的发展虽然推动了人类社会的进步，但同时也带来了一些负面效应和问题。

后人文主义和赛博朋克小说都探讨了科技对人类未来的影响，尤其是在赛博朋克这一科幻小说流派中，作家们利用当前的科技背景，对未来社会中人类如何生存进行了富有想象力的描绘。这些作品通常突显出科技、信息和网络化如何在某种程度上控制着人类的生活，同时也紧密联系着现代科技的现实情况，对科技可能对人类社会产生的负面效应进行了深刻的反思。吉布森小说探讨了技术与人体结合的主题，指出人类正在进化成一种新的生命形式——“电子智人”，即人类与机器相结合的后生命形式。自文艺复兴时期以来，人文主义强调人类的独特性和智慧，但事实上人类依旧是自然界的一部分，具有生物的脆弱性。人类的身体容易受到伤害，比如车祸、有毒物质和不良饮食习惯等。尽管人类的身体机能可以达到最佳，但在速度、体力和感官等方面仍存在不足。与许多动物相比，人类不能快速奔跑，体力有限，容易疲劳。自古以来，人们通过使用工具和机械来弥补这些不足。同样，人类的思维能力也需要借助书写、电脑等外界工具来克服记忆力和思维能力的局限。

后人文主义既认可人类利用智慧和科技来提高生活质量，也担忧科技可能带来的负面影响。后人文主义者认为科技本身不是威胁，而是能够使世界更加适宜人类居住的工具。例如，在遗传工程这个领域，科学家们的目标是开发新疗法来治疗遗传疾病，而不是创造怪物。科技发展应该使人类更加健康、聪明和美丽。但是，如果科技发展导致人类被机器控制，违背了自然和社会的发展规律，威胁到了人类的生存和发展，那么我们就有必要对这种发展进行深思熟虑的反思。比如，在赛博朋克小《神经漫游者》中的角色通过高科技手段来抵抗衰老和死亡，朱利叶斯·迪恩活了一百三十五岁，并通过每年更新自己的DNA来保持青春，而阿西普尔则利用超低温冷冻技术实现周期性的“复活”。他的妻子则通过数字化自己的思想和性格来达到类似永生的效果。这些设想反映了科技发展对人类生命价值和价值秩序可能带来的影响和挑战。

结　语

就文学与空间的关系而言，继在地理空间和生理空间的探索之后，吉布森的赛博朋克科幻小说再次在赛博空间的开拓中取得了显著进展，成为一种独特的文学和文化现象。本文主要从赛博朋克小说的历史渊源与小说中赛博空间呈现形态、形成背景和叙事艺术及其主体困境和人文反思等方面，来研究了赛博朋克小说的主题和特征，从文学和技术两个方面着手分析，希望能够给吉布森赛博朋克小说的研究找到一个理论上和逻辑上的支撑点。

电子信息技术的飞速发展催生了虚拟现实的崛起，并宣告了数字化时代的到来。在这个由人工智能构建、电脑网络开发的虚拟世界中，莫拉克认为，我们最终甚至可能趋向于完全抛弃自己的肉体，而选择在专门的肉体模拟物中生活，或者仅仅作为一种思想（在机器中）而存在。这在吉布森的赛博朋克作品中，类似的情景屡见不鲜。赛博朋克小说聚焦于高科技对人类自身的影响。吉布森所描绘的世界与我们并不遥远，他在二十多年前向我们展示的生物遗传技术、基因工程、克隆技术以及数字化生存等科学技术，都具有现实的根基。

随着学术研究的空间转向日益成为显学，以及媒介的快速演变，人类智能化生存的前景愈发清晰，同时也突显出现代高新技术在人性化方面的挑战。这些变化提醒我们，必须关注并坚守人文精神的核心地位。在当前时代，数字技术的迅猛发展已经构建了一个充满电子诗意的审美领域，网络和媒介的普及为现代人带来了前所未有的体验。然而，这种对技术的依赖和强调也引发了我们的深思：在这个“网络至高无上”的时代，我们应如何平衡科学技术的进步与人文精神的发展，并确保人文价值的核心地位不受侵蚀？正如海德格尔所指出的，技术并非中立，它承载着价值，与伦理、政治、人性和文化等多个方面息息相关。技术不仅展现了技术性的判断，同时也反映了人文价值和使用者的利益。后现代文化与传统文化相比，融入了更多技术元素，文化的存在方式在某种程度上依赖于电子技术。然而，这并不表示文化仅仅是技术的产物，它仍然包含着丰富的人文内涵和文学价值。赛博技术，即信息技术，是人类智慧的结晶，它与艺术的结合是历史发展的趋势，并体现了技术与人文价值的融合。只要我们在使用技术时不忘文学的品格和人文责任，就能达到技术与人文的和谐统一，从而弘扬时代的人文精神和展现文学的艺术魅力。赛博朋克另一领军人物布鲁斯·斯特林明确地指出，赛博朋克的信念是：技术控制了整个人类之后，未来不是令人震撼的僵尸，而是给人希望的怪物。赛博朋克小说激励我们以一种发展和批判的视角审视电子传媒时代人文精神的构建问题。我们必须正视技术的影响，坚守人文关怀的理念，并寻求技术与艺术之间的平衡发展。我们应当坚信，尽管先进的技术手段对人类而言具有巨大潜力，它们始终应当作为辅助工具而存在。文学除了技术因素的特色之外，也必须有人文思维的参与，否则那只是没有思想的技术产品，而不是具有诗情画意。和人文价值承担的文学作品。所以，一方面我们要看到技术带来的便捷以及技术本身的人文内涵，另一方面，我们要反省自身追求艺术的初衷，不是为了学会技术而创作艺术，而是为了艺术创作而借助技术。海德格尔曾发出感叹："今天思考的人太少，行动的人太多了"。赛博朋克小说在思考科技进步与人文关怀，科技与人的关系时，贯穿着的一种基本精神就是对人和人的存在问题，以及如何维护和重建人文价值与人的主体性的思考。它是人类在电子信息时代对自身生存境遇进行不断审视和反思的结果，代表了一种人类对现存状态的超越精神，对社会历史的人文反思和对人类存在的深切关怀，所表现的是西方思想文化中传统的人文主义精神，赛博朋克小说最为基本的一点，那就是人们希望在高科技以人为本，警惕技术乌托邦，创造更和谐美好的社会生存环境。科学创造，在求真的同时又求美，它遵循着美的规律，以美的方法追求真的知识，以美的形式表现真的内容，诚如斯言，尽管在吉布森在他的科幻小说中竭力揭示的是科学技术的“丑”，以“丑”的形式表现即将成“真”的内容，但是吉布森以一个未来预言家的身份来警示世人，信息技术不管如何发展，人工智能都很难从智能走向智慧，人们应该让它遵循着美的规律，防止吉布森笔下的伊托邦、赛博人成为我们未来世界的主宰。

艾伦·卡耶说过，预言未来的最好方式就是创造未来。因此，当身处“未来世界”的我们，在这个自由而喧闹的平台上，挥洒着个性的能量，舞动着生命的旋律，一边宣泄着当下的审美快感，一边开启了人之性灵的澄明之境，在互动的审美交往中，飘飞着哲理的思绪，也闪耀着智慧的火花时，我们可能并未意识到，赛博朋克小说正在提醒我们以辩证的眼光审视科技发展的双面性。在比特世界中无重力地生存的人们，正向着不断变化的未来迈进，他们渴望能在赛博空间中“诗意地栖居”。

卡耶还曾深刻地指出，预言未来的最佳方式是亲手创造未来。在这个充满无限可能的“未来世界”，在这个自由而喧嚣的舞台上，我们每个人都在尽情挥洒个性的色彩，舞动生命的旋律。我们一边宣泄对当下审美快感的热爱，一边在互动的审美交往中，让哲理的思绪飘飞，智慧的火花闪耀。在这个过程中，我们或许没有意识到，赛博朋克小说正以它独有的方式，警醒我们辩证地看待科技发展的双刃剑效应。它提醒我们，在这个没有重量的比特世界里，人们正奔向一个日新月异的未来。在这个未来世界中，人们不仅要学会生存，更要学会如何“诗意地栖居”在赛博空间里。

赛博朋克小说，以其独特的叙事风格和对未来世界的深刻洞察，不仅为读者提供了一种逃离现实的幻想空间，更是一种对现实世界科技伦理和人类未来命运的深刻反思。在这个由数字和代码编织的虚拟世界中，人类的生存状态和精神追求被赋予了全新的意义。小说家们借助赛博朋克这一文学形式，探讨了技术进步与人类本性之间的紧张关系，以及在高度信息化社会中个体与集体、自由与控制、真实与虚拟之间的复杂互动。通过这些故事，我们被提醒，尽管科技为我们带来了前所未有的便利和可能性，但同时也带来了新的挑战和风险。因此，如何在享受科技带来的便利的同时，保持对科技的批判性思考和道德审视，是赛博朋克小说给予我们的一个重要启示。它鼓励我们在追求技术革新和数字化生活的同时，不忘对人类价值和伦理道德的坚守，确保科技的发展能够真正服务于人类的福祉，而不是成为束缚我们自由的枷锁。在这个赛博朋克所描绘的未来世界里，我们被引导去寻找一种平衡，一种在技术与人性之间、在进步与责任之间的和谐共存之道。

参考文献

[1] Aldiss, Brian. W. Trillion Year Spree: A History of Science Fiction. London: Gollancz, 1986.

[2] Alkon, Paul K. Science Fiction Before1900: Imagination Discovers Technology. London: Routledge, 2002.

[3] Armitage, John, ed. Living with Cyberspace: Technology and Society in the 21st Century. New York: Continuum International Publishing Group, 2002.

[4] Ashley, Mike. The Time Machines: The Story of the Science-Fiction Pulp Magazines from the Beginning to 1950. Liverpool: Liverpool University Press, 2000.

[5] Bell, David, and Barbara M. Lennedy. The Cybercultures Reader. London: Routledge, 2000.

[6] Benedikt, Michael. "Cyberspace: First Steps." The Cybercultures Reader. Eds. David Bell and Barbara Kennedy. New York: Routledge, 2000.

[7] Booker, M. Keith. Monsters, Mushroom Clouds and the Cold War: American Science Fiction and the Root of Postmodernism, 1946-64. Westport, CT: Greenwood, 2001.

[8] Bould, Mark. The Dreadful Credibility of Absurd Things: A Tendency in Fantasy Theory. Historical Materialism 10. 4 2003.

[9] Brouillette, Sarah. "Corporate Publishing and Canonization: Neuromancer and Science Fiction Publishing in the 1970s and Early 1980s." Book History 5 2002.

[10] Cavallaro, Dani. Cyberpunk and Cyberculture: Science Fiction and the Work of William Gibson. London: Athlone, 2000.

[11] Dorsey, Candas Jane. "An Interview with William Gibson." New York Review of Science Fiction 15. 9 (May 2003).

[12] Edward Soja, Third space: Journeys to Los Angeles and Other Real-and-Imagined Place. Blackwell, 1996.

[13] Fair, Benjamin. "Stepping Razor in Orbit: Postmodern Identity and Political Alternatives in William Gibson's Neuromancer." Critique 46. 2, 2005.

[14] Flanagan, Mary, and Austin Booth, ed. Reload: rethinking women Cyberculture. Cambridge, Massachusetts: MIT Press, 2002.

[15] Foster, Thomas. The Souls of Cyberfolk: Posthumanism as Vernacular Theory. Minneapolis: University of Minnesota

Press, 2005.

[16] Chitra Dorai, Svetha Venkatesh. Media Compitin: Computational Media Aesthetics. London: Kluwer Academic publishers, 2002.

[17] Lyotard, Jean Francois. Can Thought Go On without a Body? London: palgrave, 2000.

[18] Suvin, Darko. Metamorphoses of Science Fiction: On the Poetics and History of a Literary Genre. New Haven CT & London: Yale University Press. 1979.

[19] 奥尔迪恩：亿万年大狂欢：西方科幻文学史［M］. 舒伟等译，合肥：安徽文艺出版社，2011 年。

[20] 达科·苏恩文：科幻小说变形记［M］. 丁素萍等译，合肥：安徽文艺出版社，2011 年。

[21] 大卫·雷·格里芬：后现代精神［M］. 北京：中央编译出版社，2011 年。

[22] 方凡：美国后现代科幻小说［M］. 杭州：浙江大学出版社，2012 年。

[23] 姜倩：幻想与现实——二十世纪科幻小说在中国的译介［M］. 上海：复旦大学出版社，2010 年。

[24] 罗伯特·斯特尔斯等：科幻文学的批评与建构［M］. 王逢振译，合肥：安徽文艺出版社，2011 年。

[25] 迈克尔·海姆：从界面到网络空间——虚拟现实的形而上

学［M］. 金吾伦、刘钢译，上海：上海科技教育出版社，2000 年。

［26］尼葛洛庞帝：数字化生存［M］. 胡泳、范海燕译，海口：海南出版社，1997 年。

［27］约斯·德·穆尔：赛博空间的奥德赛—走向虚拟本体论与人类学［M］. 麦永雄译，桂林：广西师范大学出版社，2007 年。

［28］威廉·J·米切尔：伊托邦——数字时代的城市生活［M］. 吴启迪译，上海：上海科技教育出版社，2001 年。

［29］亚当·罗伯茨：科幻小说史［M］. 马小悟译，北京：北京大学出版社，2010 年。

［30］曾国屏等：赛博空间的哲学探索［M］. 北京：清华大学出版社，2002 年。